난초 밭에 정자를 짓고

국립중앙도서관 출판예정도서목록(CIP)

난초 밭에 정자를 짓고 : 난정 김영은 회고록 / 지은이: 김
영은. -- 대전 : 지혜 : 애지, 2016
  p. ;   cm

ISBN  979-11-5728-211-1  03810 :  ₩10000

회고록[回顧錄]

818-KDC6
895.785-DDC23                        CIP2016025086

# 난초 밭에 정자를 짓고

난정蘭亭 김영은金榮銀 회고록

지혜

## 머리말

이제 우리 나이로 여든일곱 살이다. 요즈음은 백세시대라고들 하지만, 나는 옛날 사람이다. 많이 산 편이다. 이제 머리와 몸도 쇠잔해 졌다. 여생이 얼마나 될지 모르지만, 촛불이 다 타면 결국 꺼지듯이 나도 그렇게 꺼져 가고 있다.

누구나 짧던 길던 한 세상을 산다. 각자의 환경과 방식으로, 그리고 자신의 복으로. 그러나 삶이란 결국에는 뻔한 것이어서, 나의 삶을 책으로 기록하여 남긴다는 것 자체가 한 세상을 살아가는 다른 분들에게 송구하다는 생각을 많이 하였다.

그 옛날 어려웠던 시절에 누가 고생하지 않고 컸을 것이며, 전쟁과 포로수용소를 겪으면서 고초를 당하지 않은 이가 어디 있으랴? 오히려 나는 그 평균에 비하여 쉽게 넘겼다고 볼 수 있을 것이다. 따라서 별로 내세울 것도 없지만, 조카인 강호의 권유로 이리저리 생각나는 대로 적었더니, 이것을 큰아들인 용호가 보고 정리, 편집하여 책으로 엮었다.

회고록의 제목은 나의 호를 바탕으로 큰아들이 지었다. 나의 호 난정蘭亭은 시조창을 하던 시우회에서 윤철근 통수 선배께서 지어주신 것이다.

시시콜콜하고 볼품없는 것들이어서 재미없거나 불편할 수 있을 것이다. 또한 책 속에 적힌 실명들은 약간의 착오도 있을 수 있을 것이다. 기억이 희미해진 까닭이다. 그런 점들을 널리 양해해 주시기 바란다.

이 책은 많은 분들이 다 읽어 주기를 기대하고 쓴 것은 아니다. 어쩌면 나의 추억과 나의 만족을 위하여 기록되었는지도 모른다. 따라서 누가 나의 회고록을 읽어 줄 것인가? 그러나 지인들이나 후배, 나의 친인척이나 조카들이 관심을 가질 수 있을 것이다. 그리고 자식과 손자들은 끝까지 읽어 주기를 바란다.

이 책의 뒷부분에 아내의 회고록『꽃구름 속 노랑나비』의 중요부분을 실었다. 십 년 전에 꾸몄던 아내의 책이다. 나의 글과 대조하여 읽으면, 한층 재미있을 것으로 생각한다.

어머니의 막내아들로 태어나 18살 위이신 큰형님의 지도로 한 세상을 살았다. 열심히 산 아내 덕분에 자랑할 일은 아니지만, 4남 2녀의 일가를 이루었다. 많은 분들의 도움도 받았다.

그 분들을 이 책에 다 기록하지 못하여 죄송하고도 안타깝다. 나 또한 소소한 것들은 내 나름의 선의를 베푼 것도 많다. 그러나 그것이 어찌 자랑할 일이랴!

혹시 글 중에서 나의 자랑이 섞이더라도 이해해 주시면 좋겠다. 구순이 가까워지니, 마음이 어려진 탓이려니 여겨주기 바란다.

세상의 뉴스들은 항상 시끄럽다. 이제 텔레비전을 끄고, 고현천변에 있는 독봉산 웰빙공원으로 운동 나갈 시간이다. 나의 자가용인 작은 오토바이를 타고. 호주머니엔 비닐봉지와 사탕이 들어 있다. 비 오지 않는 날은 거의 공원 뒤의 솔밭에 가서 혼자 노래를 부른다. 주로 민요다. 기분전환과 가슴의 폐활량 운동을 겸하는 셈이다. 간혹 휴지들이 보이면 가져간 봉지에 담아 집으로 가져 오기도 하고, 혹시 나에게 인사하는 어린이가 있으면 사탕을 준다. 그런 어린이의 어머니에게 아이를 참 잘 가르쳤다는 인사까지 건넨다. 사소한 나의 일상이며, 이렇게 나의 생은 마무리 되는가 싶다.

## ■ 차례

# 제1장 잘 먹으며 한 세상

# 제2장 초등학교까지

# 제3장 학창시절

# 제4장 군대와 결혼

# 제5장 직장생활과 나의 가정

# 제6장 투병생활과 건강운동

# 제1장
# 잘 먹으며 한 세상

# 제1장
# 잘 먹으며 한 세상

## 1. 까탈스런 나의 입맛

어릴 적의 나는 당시 마흔한 살이셨던 어머니의 막내로 태어나서 젖을 거의 못 먹고 자랐다고 들었다. 밥 지을 때, 그 위의 밥물을 나에게 먹였다고 한다. 내가 밥을 먹기 시작하였을 때는 할아버지와 겸상을 하여 쌀이 많이 들어간 밥을 먹었다.

자랄 때에 집안에서 나에겐 거친 일을 시키지 않았다. 그저 시골에서 흔히 있는 풀베기, 나무하기, 소먹이기, 짚신(외따가리)삼기 등이 나의 일이었다. 그런 분위기로 나는 집안에서 약간은 특별대우를 받고 자란 것이다. 조카들이 울거나 떼를 쓰면, 큰형수님께서 '아이구 삼촌 온다.' 하면서 나를 내세워 겁을 주곤 하였다.

나는 떡을 좋아하였는데, 아직도 그러하다. 멥쌀로 만든 절편보다 찹쌀로 만든 찰떡, 쑥떡을 좋아한다. 찰떡이 있으면 밥 대신에 떡으로도 하루는 대신한다. 이런 나의 입맛을 아는 친구 전남연(통수 동기, 교장 정년퇴직)은 지금도 간혹 전화통화 하면서 '너 오늘 떡 먹었나?'하면서 우스개 인사를 하곤 한다. 찰떡에는 말린 생선 찐 것과 같이 먹는 것이 최고이다.

내 입은 상당히 까다롭다고 할 것이다. 멥쌀로만 지은 밥은 싫어한다. 된밥을 싫어하며, 찹쌀이 좀 들어가서 무른 밥이 되어야 한다. 나의 단골이었던 어느 식당은 내가 손님들을 대동하고 그 집에 들어가면, 즉시 바로 나의 입에 맞춰 밥을 안치기 시작했다.

이런 나의 입을 맞추느라 아내도 고생하였다. 또 주위의 사람들도 좀 피곤하였을 것이다. 죄송스럽다. 그러나 어찌하랴? 내 입이 그런 것을.

게다가 나는 생선에도 까다롭다. 작거나 볼품없는 생선들은 좋아하지 않는다. 어쩌다가 아내가 그런 생선을 사오면, 안도(거제도의 북쪽 바다, 진해만) 생선이라며 비린내 난다고 잘 먹지 않는다.

어머니가 개고기, 돼지고기는 먹지 말라고 하셨기 때문에 먹지 않는다. 나는 내 아이들이나 조카들에게 음식을 먹을 때는 '바짝 먹어라.'고 주장한다. 그래야 뒤에 아쉬움이 남지 않지, '맛난 것을 먹는 도중에 멈춰 버리면 두고두고 생각나는 법'이라고 강조한다. 나는 이리 천진난만하게 내 주장과 내 입맛으로 살아왔다.

음식을 맛나게 먹었던 몇 가지의 기억이 있다. 하나는 한국 전쟁 당시 입대하여 제주도 훈련소 시절에 아버지가 면회 오셔서 사주시던 고기였다. 배가 불러 토하고 나서도 음식을 먹었으니, 당시 그 음식에 대한 갈망이 오죽하였겠는가?

그 다음으로 교육청 근무 시절, 옥치상교육장님과 부산에 있던 경남도교육청으로 출장을 가곤 하였다. 그때 거제사람들은 주로 남포동의 송미장을 단골로 하였다. 옥교육장님과 여관을 잡은 다음에 단골로 가는 수육집이 있었다. 여관에서 멀지않은 광복동 최내과 건너편이다.

수육을 시키면 내장수육과 같이 나오는데, 정말 맛있었다. 교육장님의 단골이라 갔었지만, 내가 더 좋아하였다. 잘 먹는 나를 보고 교육장님이 "아따 니 많이 묵느네."라 이야기 한 것이 떠오른다. 지금도 곰탕집 간판을 보면 그 만큼 수육 잘하는 집이 없음을 안타깝게 여기면서 그 시절 그 집을 떠올리곤 한다.

내가 고현중학교 근무 시절에 문상도주사와 부산출장을 다녀오는 길에 배둔에서 내려 당시 회화중학교에 근무하던 이정석선생(68친목회)을 불러내어 이선생이 사주던 민물장어를 먹은 기억이다. 셋이서 참으로 맛나게 먹었다.

그리고 큰아들 용호가 부산에서 재수하여, 경남고 다니던 조카 강호와 같이 있을 때였다. 내가 부산에 한번 올라가서 조카와 아들에게 맘껏 쇠고기를 산 적이 있었다. 사각형의 돌판 위에 구워지는 소금구이였다. 나도 맛나서 많이 먹었지만, 조카와 아들놈이 얼마나 먹던지 셋이서 아마 20인 분 정도 먹었던 것으로 생각된다.


나는 그렇게 음식 먹는 것이 까다로웠다. 어릴 때부터 그러하였다. 입버릇이 나쁘게 들었다고 할 수 있을 것이다. 그러나 나는 군대 시절을 빼면 먹는 것 하나는 내 입맛대로 먹고 살았다. 나의 집사람이 열심히 일하여 살림을 불려나갔을 뿐만 아니라, 내 입맛을 맞춰 주느라고 애썼다.

근래에는 집사람이 복지관, 노인대학, 의료기 판매 홍보장 등에 다녀 올 때 꼭 조그만 손수레를 끌고 시장을 거쳐 집으로 올라온다. 나의 입맛에 맞을 만한 것을 골라 사기 위해서이다. 수술한 무릎과 심장박동기로 힘들 것인데, 참으로 미안하지만 어쩔 수 없다. 감사한 일이다.

## 2. 투병과 인생의 고비

어머니의 노산으로 세상에 태어났던 나는 어릴 때 병약했던 것으로 생각된다. 얼굴이 노랗고, 코에서 피가 자주 나와 자고 일어나면 방바닥과 내 얼굴에 피가 범벅이 되곤 하였다. 할아버지께서 산의 띠 뿌리를 캐어 와서 삶아 달여 먹었던 기억이 난다. 사람들은 내가 제대로 클지 걱정하였다고 한다.

초등학교 2학년 무렵에 치통으로 엄청 고생을 하였다. 그러지 않아도 약했던 나는 그로 인하여 어머니나 가족들의 애를 많이 태웠다. 학교도 2년이나 쉬었다. 어머니가 나를 데리고 아주며, 부산까지 다니면서 고치려고 애를 쓰셨다. 나의 몸도 반쪽이 되었다.

그 이후에는 몸도 그럭저럭 나아져서 큰 병은 없었는데, 결혼을 하고 교육청에 근무하다가 고현중학교로 옮겨가던 때에 폐에 종양이 생겨서 죽을 뻔하였다. 결국에는 오른쪽 갈비뼈 1개와 폐의 2/3을 제거하고 살아났지만, 당시에는 죽는 줄 알았다. 좋은 의사를 만났고, 나의 손위 윤종태 처남의 조력으로 살아났다고 봐야 할 것이다.

수술 이후에는 그 후유증으로 심한 노이로제를 앓아 오랜 기간 고생을 하였다. 한창 자라는 많은 자식들을 키우면서 하숙까지 쳐서 넓어진 살림을 도맡아 꾸려 나가던 아내는 나의 병 수발까지 감당해야 했으므로 그 고생이 오죽하였을까!

그러나 그때 또 한 분의 은인이 있었으니, 문상도씨였다. 고현중학교로 발령받아 근무 중이었는데, 나보다 한 살 아래인 문상도주사는 정말 나에게 잘 해주었다. 학교의 업무는 그가 내 대신에 잘 처리하였고, 부산으로의 출장 등에는 꼭 동행하여 밤에 벌벌 떨며 잠을 자지 못하던 나를 밤늦게까지 위로하여 잠 재워 주었다.

나의 그 노이로제는 약 10년을 넘겨서야 진정이 되었다. 수술 당시의 의사가 5년을 넘기면 오래 살 수 있다고 말했던 것이 내 가슴 깊숙이 박혀 있었기 때문이리라.


그 이후에 큰 병치레는 없었다. 다만 올해 초에 대상포진을 앓아서 크게 고생을 하였다. 치과치료를 받고나서 몸이 좀 으실으실하였는데, 며칠 뒤 왼쪽 이마에 좁쌀만 한 물집이 생겨서 손끝으로 터트렸더니 그 부분이 찌르듯이 아프며 가렵기 시작하였다. 피부과에 갔었는데, 대상포진 같다면서 큰 병원에 가보길 권하였다.

고현 백병원에 가서 진료와 약을 받아 치료하는데, 거의 3개월을 고생하였다. 그 통증과 가려움은 정말 참기 힘들어서 밤새 주먹으로 내 광대뼈 주위와 눈자위를 때렸다.

그로 인하여 눈 주위가 퍼렇다 못해 검게 변했다. 보기에도 엄청 흉했다. 눈썹에도 핏줄이 터져 눈자위가 벌겋게 변했다. 의사는 펄쩍 뛰면서 절대로 때리지 말라고 하였지만, 밤이면 어찌나 아프며 가려운지 이열치열 식으로 주먹으로 내 눈 주위를 때리지 않을 수 없었다. 지금도 가려운데, 앞으로도 몇 년 갈 수도 있다고 의사가 말을 하였다.

집사람과 아이들도 걱정을 하면서 색안경이나 얼굴을 가려야 되겠다고 말했으나, 나는 그렇게 흉한 모습으로 집 주위를 나다녔다.

누구나 인생의 고비가 있을 것이다. 나에게 그 고비를 꼽으라면 육이오 전쟁과, 앞에서 설명한 폐수술, 그리고 가스중독 사망사고일 것이다.

전쟁으로 나의 수산학교 생활은 중학교 4학년 졸업으로 끝이 났다. 당시에 젊은이들이나, 일할 수 있을 만한 사람들은 입영 통지서도 없이 잡아서 군대에 끌고 갔다. 군대엘 가면 거의 죽어 온다고 믿고 있던 상황이었다.

따라서 나는 두 달간 산속의 절(삼거리 심원암)에 숨어 지내다가 큰형님이 주선하여 구조라초등학교 강사로 근무하였다. 그래도 선생이므로 군대에 잡혀 가지는 않았다. 그러나 2년을 채 근무하지 않아서 입영통지서가 나왔고, 군대에 입대하게 되었다.

마산의 무학초등학교에 집결하여 있을 때였는데, 큰형님이 구조라 전원병씨(당시 헌병사령부 문관)를 대동하고 나를 만나려고 운동장에 와 있었다. 내가 소변보려고 팬티만 입고 변소에 가다가 맞닥뜨린 것이었다. 그때 큰형님이 나에게 '이대로 그냥 집으로 가자.'라고 권유하였다. 형님은 이 막내가 전쟁통에 나가는 것을 얼마나 안타깝게 여겼을 것인가? 형님의 그 마음이 오죽하였으랴!

그러나 그때 나는 무슨 오기였을까! 큰형님에게 '아닙니다. 나, 군대 잘 갔다 오겠습니다.' 하면서 도로 이층의 교실로 올라갔던 것이다. 만약 그때 도망쳤더라면 당연히 전쟁터에 던져지지는 않았겠지만, 그 후유증이 만만찮았을 것이다. 어찌면 오늘의 내가 없었을는지도 모른다.

전선에 투입된 나의 병과는 중화기 소대였다. 전장에서 보병 소총소대 뒤에서 지원해 주는 임무다. 아무래도 부상이나 죽을 확률이 소총소대에 비하여 낮다. 소총소대들은 육탄전까지 벌여야 하는 상황도 생기니 말이다.

입대하여 약 6개월을 제주도 훈련소에 있었으며, 전선에 배치된 지 2달이 채 못 되어 휴전이 되었다. 내가 만약 전쟁 초기에 군대에 갔었더라면 부상없이 살아서 제대하기 쉽지 않았을 것이다.


중년 무렵에 처음으로 집을 지어 이사를 하였다. 그때 내가 연초중학교 근무 중이었는데, 우리집 본채 옆에 있던 아래채를 세를 놓았었다. 그런데 그 방에 이사하여 살던 사람이 연탄가스 중독사고로 죽었던 것이다.

사망사고였으니 얼마나 엄청난 일인가! 가뜩이나 심약했던 나는 어쩔 줄 몰랐다. 그때 나에게 큰 힘이 되어 주었던 분들이 계셨으니, 나의 손위 처남인 윤종태씨와 마산에 사시며 당시 변호사 사무장을 하시던 김한규 집안 형님, 통영수산대학에 교수로 근무하던 이원재 집안 조카(고종사촌 누님의 아들)였다.

참으로 감사했다. 지금이야 이리 담담하게 말할 수 있지만,

당시에는 엄청난 일이었다.


## 3. 직장과 나의 살림


군대 근무 중에 결혼을 하였으며, 그 뒤에 의가사 제대를 하였다. 제대 후에 큰 형님의 권유로 교육청 교육세 징수요원으로 취직하여 근무 하였다. 임시직이었다. 나중에 교육세 징수가 읍, 면으로 이관되면서 최초 6명이었던 징수요원이 다 나갔다. 그러나 나는 맡아 보던 사무가 있어서 그 일을 계속하고 있었다. 그러던 차에 총무처에서 임시직을 대상으로 전국 단위 공채 시험이 있었는데, 다행히 내가 합격하여 정식 공무원으로 계속 근무하게 되었다.

교육청에 계속 근무하다가 중학교, 고등학교 서무를 보았다. 또다시 교육청에 들어가서 좀 근무하다가 고현중학교에서 정년 퇴임하였다. 임시직까지 포함한 나의 교육공무원 기간은 35년이다.

부모님에게서 물려받은 것은 400평이 좀 못되는 밭과 신작로 위에 있는 조그마한 산이다. 산은 세월이 지나 처분을 하였고, 밭은 팔았다가 다시 사서 유자를 심었으며, 아직도 소유하고 있다.

고현의 셋방으로 살림을 나와서 셋방 이사 5번 끝에 집을 사서 이사하였다. 내 나이 29살에 집을 사만오천원에 샀는데, 큰 형님이 일만원을 도와주셨다. 그 뒤에 대로변의 집을 111,400원에 사서 이사하였는데, 그 집은 현재 둘째 아들이 그 땅에 건물을 올려 소유하고 있다.

그 이후로는 5번의 집을 지어서 이사하여 살고 있다. 많이 이사하고 지은 셈이다. 나야 공무원으로 일하면서 집안일은 대충 거드는 역할만을 하였고, 전적으로 집사람이 고생하며 많은 일을 하였다. 그리고 살림이 불어나는 데에 나의 공무원 생활에서 번 돈은 전혀 기여를 하지 않았다.

대로변의 집에서는 하숙도 치며, 가게를 하였다. 그때 정미소를 시작하였다. 자연히 하숙이나 가게는 정리되었다. 쌀, 보리 찧는 것 뿐만이 아니라 밀가루, 고춧가루, 솜 타고, 기름 짜는 것까지 하였고, 떡방아도 하였다. 일은 참으로 많았다. 인부도 둘씩 데리고 있었고, 명절이면 온 가족이 붙어서 일을 해내곤 하였다.

고생을 많이 하였으나 그 방앗간으로 애들 키우고 살림도 불렸다. 방앗간을 십 몇 년 운영하였을 것이다. 그러다 그만두고 그 자리에 블록 집을 잇달아 지어서 세를 받기도 하였다. 결국 그 방앗간 자리와 아래의 밭이 나중에는 재산이 되었다.

## 4. 생활철학과 성격

나의 교육은 통영수산학교 4학년 졸업이지만, 실제 스승은 나 보다 열여덟 살 위인 큰형님이라고 봐야 할 것이다. 큰형님은 스승이자 인생의 길잡이였고, 영원한 후원자이셨다. 어렸을 적부터 내가 결혼을 한 후에도 나는 큰형님의 가르침을 많이 받았다.

나의 큰형님 金永奎公은 한학공부를 위하여 일가이시며 조부뻘인 명동의 명계 김계윤 선생님 댁에서 사숙을 하며 공부하셨다. 일운면의 면의원도 하였고, 동네 이장을 30여년 맡으셨다. 이장 일을 하면서도 자신의 이해관계는 언제나 초월하셨고, 동네 공동의 문제해결과 발전에만 충실하셨다. 어려운 당시 상황에서도 동사를 짓고, 아침마다 동네 예절방송을 하셨다. 지금도 큰형님의 그 방송 이야기를 하시는 분이 있다.

내가 한자를 좀 알고, 붓글씨 흉내를 내는 것도 전부 큰형님의 가르침이다. 학교 방학 때와 제대를 한 후에도 동네 가구의 명단을 작성하고, 또 정리하면서 한자와 붓글씨를 많이 배웠다.

그 큰형님은 자신의 애들도 키우기 벅찼을 것인데, 막내 동생인 나를 통영의 수산학교에 적극 유학시켰다. 내가 통영으로 가던 날 나에게 '통영에 가면 골목길은 몰라야 된다. 큰길로만 다녀라.'고 훈계해 주셨다. 나는 아직도 그 말을 잊지 않고 평생을 살았다. 부모 이상이신 고마운 형님이셨다. 나이 예순 다섯에 돌아가셨으니, 너무 일찍 가셨다. 참으로 안타까운 일이다. 내 손으로 돈 한번 드리지 못하고, 대접 제대로 못해드린 것이 너무나 후회스럽다.

그냥 살아가는 것이지 무슨 철학이 있겠는가? 그러나 굳이 따져 본다면, 위에서 말한 형님의 철학을 상당부분 이어 받았다고 봐야 할 것이다. 그런 형님의 뜻을 받들어 나의 좌우명이자 가훈을 無愧於心(무괴어심, 부끄럽지 않은 마음)으로 삼고 있다.

따라서 공公, 사私 구분을 정확히 하려 애썼다. 교육청이나 학교의 재정부분을 맡게 되면 이런저런 유혹이 있을 수 있다. 그러나 나는 일체 그런 것은 사양하였다. 과도한 명절 선물도 받지 않았다. 그래서 업자들은 그런 나를 처음에는 불편해 했다. 그러나 나중에는 그런 것이 나의 방식이라는 것이 자연스럽게 알려져서 오히려 더욱 돈독한 관계가 되기도 하였다.

내가 예전에 그런 소신을 자랑하였더니 작은 아들은 '아버지가 요령이 없어서 그런 것 아니냐?'고 평가절하 하기도 하였다. 그러나 나는 스스로 자랑스럽고 떳떳하다. 비록 공무원으로 높은 자리에 오르진 않았지만.

큰형님이 자신의 애들보다 나를 더욱 밀어주셨던 것을 평생 잊지 못한다. 나도 조카들에게 한다고 하였지만, 어찌 큰형님의 반의반이라도 하였을까?

그러나 나의 성격은 큰형님보다 훨씬 못하여 급하고, 궂은소리를 싫어하며, 치사하고 더러운 꼴을 못 참는 경향이 있다. 공무원으로 재직할 때는 이런 성격이 문제 될 것은 없었다.

그러나 퇴직 후 사회생활에서 나는 이러한 성격으로 보이지 않는 손해를 자초하는 경우가 많았다. 어떤 모임이나 일에는 나 개인의 유, 불리를 제쳐놓고 열심히 한다. 모임이나 일을 일정한 궤도에 올려놓게 되면, 회원이나 살림이 늘어나게 된다.

그러한 환경이 되면 이런저런 중구난방의 일이 발생되게 되고, 나는 스스로 참지 못하여 결국 그런 모임에서 빠져 나오는 경우가 있었다. 모두 내가 슬기롭지 못하고 현명하지 못한 탓이다. 이제 이 자리에서 이런 자랑 아닌 자랑과 후회를 하면 무엇하겠는가?

# 제2장
## 초등학교까지

# 제2장
## 초등학교까지


## 1. 어린 시절과 나의 가정


거제시 일운면 망치리 176번지에서 1930(경오)년 음 6월 5일에 태어났다. 8형제 중 막내로 태어났으나, 나중에 형님 넷은 돌아가시고 네 형제만이 일가를 이루었다. 아버지 김두연, 어머니 옥몽순으로 나의 외갓집은 삼거리 배합골이다. 망치의 의성김씨는 나의 11대 조부의 후손들이다.

어머니가 41세에 나를 낳으셨는데, 노산이라 젖이 없어서 밥할 때 접시를 솥 안에 넣어 밥물을 받아 먹여 키우시면서 "네가 커서 밥을 먹게 되면, 내 밥 너를 주께."하면서 키웠다고 한다.

우리 가족은 한 집에 할아버지, 할머니, 아버지, 어머니, 백씨(큰형님), 형수님, 중씨(둘째형님), 형수님, 셋째형님, 형수님, 조카들까지 대식구가 한집에서 기거를 하였으며, 4대가 한집(윗채, 아랫채)에서 살았다. 둘째, 셋째형님은 나중에 차차 분가하여 나갔다.

특히 내가 2살 먹을 때에 큰 형수님이 오셔서 내가 형수님의 등에서 자랐으며, 나 때문에 형수님의 고생이 말할 수 없으리라 생각한다.

내가 좀 커서 생각나는 것은 어머니 품이 아니고 오로지 할머니 품에 잔 것만이 생각이 들고, 밥투정을 많이 하여 특히 형수님을 어렵게 하였던 것으로 기억된다. 이것은 아마도 막내인 점이 큰 이유겠지만, 내가 병약했던 것도 한 까닭이라고 생각할 수 있다.

어릴 때 나는 코피도 잘 나고 눈에 쌈도 잘 생겼는데, 그때마다 어머니께서 나를 고랑가의 찔레나무 옆에 데리고 가셨다. 어머니는 나무에 붙은 가시 하나를 따서서 그 가시를 손에 드시고 하시는 말씀이 "까서방 까서방, 우리 군자 눈에 쌈이 생겼는데, 너가 우리 군자 눈에 쌈을 없도록 해달라."라고 하시면서 손에 쥐었던 가시를 가시 딴 자리에다 도로 콕 찔러 붙여놓고 "우리 군자 쌈이 나으면, 너의 눈가시도 내가 빼어 주겠다."

고 했다. 그러고 나서 나를 데리고 집으로 오셨다.

그때부터 그랬는지, 내 눈이 좀 좋지 않았다. 국민학교 때부터 시력이 좋지 않아서 학교에 가면 중간쯤 앉아 칠판 글씨가 분별이 잘 안 되어 옆의 친구가 기록한 것을 보고 베껴서 공부하였다. 그러니 옆에 앉은 친구는 별로 좋지 않게 생각하였을 것이다.


어릴 때 나는 낮에는 주로 할아버지와 생활을 하고, 밤에는 할머니 품에서 잤다. 할아버지의 파리채가 생각이 난다. 당시에는 파리가 엄청나게 많았고, 고무신은 상당히 귀한 물건이었다. 떨어져서 버린 고무신 밑창을 가위로 오려서 대나무 끝을 쪼개어 그 속에 넣고 단단히 묶어서 파리채로 썼다.

파리가 앉으면, 그 파리채로 사정없이 내려치니 파리 자체가 완전 납작하게 죽는다. 매일 잡으니, 신짝파리채에는 파리의 피와 살이 덕지덕지 붙어 있다. 음식에 파리가 붙어 있어도 할아버지는 파리를 쫓지 아니하고 두드려 잡곤 하였다. 음식에 붙은 파리는 잡지 말고 쫓으시라 내가 말하였지만 소용없었다. 그러던 할아버지가 어느 날 축담에서 마당으로 내려서다가 휘청하면서 구르는 것을 보았다. 당시 나는 어려서 '왜 할아버지가 저러는가?' 싶었는데, 이제 내가 할아버지와 같이 되었다.

할머니 품에 자면서 이야기 해달라고 졸랐던 기억이 있다. 할머니가 해주셨던 이야기 가운데 기억에 남는 것은 '베봉밭에 버리떼기 이야기'와 '보리범벅 이야기'이다. '버리떼기'는 딸이 많아 키울 수가 없어서 베봉밭에 버렸는데, 죽지 않아서 도로 데려와 할 수 없이 키웠다. 그 딸이 자라서 부모에게 큰 효도를 했다는 내용이다. '보리범벅'이야기는 딸네 집에 가면서 보리범벅을 해서 이고 가는데, 호랑이가 나타나서 '보리범벅 한 개 주면 안 잡아먹지.'하는 내용이다.

할아버지 밥상에 내 밥이 차려졌는데, 할아버지와 나는 보리가 조금 섞인 쌀밥이었다. 밥을 할 때에 보리와 잡곡, 고구마, 무, 톳나물 등을 솥에 안친 다음에 가운데에 읍쌀을 조금 얹어서 밥을 했다.

밥을 펄 때에 1차 할아버지, 2차에 내 밥, 다음은 보리 일부 아버지와 형님들 밥을 퍼고 그 다음은 전부를 혼합하여 할머니, 어머니, 상하 없이 잡곡 혼합밥을 잡수셨다.

그 당시에 농촌에는 살기가 힘들어서 남의 집 머슴 살기, 남의 일 해주고 근근이 밥 얻어먹고, 없는 사람들의 고생이 많았다. 없는 사람들은 산나물, 쑥, 칡 등으로 허기를 때우곤 했다.

내 기억으로 어릴 때는 아주 천진난만하게 어찌 되는 줄도 모르고 논밭 일은 부모님과 형님들이 하시니까, 내가 하는 일이라곤 소 먹이는 일이나, 할아버지 담배 심부름이었다. 겨울이면 할아버지 담배 불 붙이게 화롯불을 챙기는 것이다.

그 당시에는 밭에 목화를 많이 심어서 할머니, 어머니, 형수님들은 목화 따서 말리기, 씨 앗기, 솜 만들기, 활로 솜타기로 새벽부터 일을 했다.

"야들아 삼토(소모성과 같이동틀녘에 뜨는 볕이다)가 많이 올라왔다."하면서 어머니께서 새벽부터 형수님들을 전부 방에다 모아 솜타기, 꼬치말기 등을 시켜서 쉬는 날이 없었다.

내가 어머니 옆에 잔 일이 있었는데, 그때 솜 가루가 내 머리에 붙어 서리 맞은 것 같이 희게 된 일이 있었다. 생활이 형편이 없었기 때문에 자시는 것도 못 잡수시고, 일만 참으로 많이 하셨다. 그래도 우리집은 망치에서 1, 2등 살림이 되어 굶는다든지 하는 어려움은 없었다고 생각된다.

한번은 감나무에 올라가서 놀다가 떨어졌는데, 그나마 다행이도 턱을 벌통 밑판 돌에 찧고 엎어졌다. 그래서 턱 밑이 터져서 피가 나서 흉터가 졌다. 국시고랑(당시에 큰 버드나무가 3개 있고 동네 굿하며 제사 지냈음)에 가서 멱 감고 자맥질하다 바닥의 뾰족한 돌에 뺨을 찧어서 피가 나고 흉터가 졌었다.

어릴 때 왼장(왼편에 있는 엉장)에 가서 고기 낚는다고 멸치로 미끼하여 돌구멍에 넣으면 한 곳에서 수 마리의 꺽더구, 진대 등을 낚은 기억이 새롭다.

원장에서 좀 먼 곳에 조그마한 여가 있는데, 그곳에 가서 멍게, 굴, 홍합 등을 많이 따, 집에 와서 밀장국 끓여먹곤 했다. 한번은 굴을 따다가 쑤기미한테 쏘여서 아파 고충을 겪은 일도 있었다.

당시는 후릿배가 멸치잡이를 하였는데, 그때는 전부 목선이 되어 사람들이 노를 저어서 배 두 채가 넓게 그물을 쳐서 갯가까지 와서 줄을 갯가에 메어놓고 베도구리로 그물 가장자리를 당기어서 멸치를 잡는다. 그물 중에 갈치가 있으면 우리가 배에 올라가서 주워서 들고 오곤 하였다.

8~9살 무렵, 그해 흉년이 들었다. 우리집에 논이 약 20마지기(4,000여평) 되었는가? 한데, 어머니께 들은 바에 의하면 비가 오지 않아서 논이 다 타서 벼 생산이 나락 한 가마니 하셨다는 이야기를 들었다. 그때 내가 논두렁 밭두렁 다니면서 하루 쑥 2바구니 캔 생각이 난다. 살찐 쑥 캔다고 산답, 보리 안 심은데 가면 쑥도 깨끗하고 살이 쪄서 바구니에 잘 붙어 올랐다.

12살 무렵에 우리집에 큰 소가 2마리, 송아지 2마리, 4마리를 몰고 산에 소 먹이기도 했으며, 춘궁기에 보리가 익으면 논 언덕 밑에 보리가 먼저 익기 때문에 익은 보리를 꺾어 가지고 산 골 물가에 가서 보리를 구워먹곤 하였다. 산에서 연기가 나면 동네 어른들이 '저놈들이 오늘도 보리 구워먹고나.' 이야기를 했다. 그래도 어른들이 직접적으로 나무라지는 않았다.

형님들께서 어선을(큰형, 둘째형) 하였다. 대구잡이를 하였 는데, 그때는 망치 앞바다에서도 대구가 나곤 하였다. 그러나 외포 앞바다까지 대구 잡으러 가기도 하였는데, 집에 대구를 말려 놓으면, 상인들이 와서 사 가곤 하였다. 그 무렵 앞에서 말한 큰 가뭄으로 흉년이 들었는데, 어느 날 어업조합에서 배 급이 나왔다고 하여 나에게 가져오라 하였다. 장승포 어업조 합에 찾아가서 쌀을(다섯 되쯤) 지게에 지고 집에 오니 해가 저물었다. 동네 입구에 도착하자 힘도 빠지고 허기가 져서 많 이 울었다.

추석이 오면 소두방을 뒤집어 놓고 호박전을 많이 부친다. 연기가 적게 나는 나무하러 간다고 동네 젊은 사람들이 다리 골에 가서 소나무의 죽은 가지, 죽은 싸리나무를 가득 해 가지 고 집에 온다. 그 나무를 가지고 불을 때면 연기도 적게 나고 화력도 좋아 형수님들이 좋아하셨다.

추수를 마치고 나면 그때부터 산에 나무하러 가기 시작하는데, 나무를 하여 웃봉팅(꼬부랑바위) 아래 따뜻한 곳에 자리를 정하여 나무를 재기 시작하여 설 앞에까지 계속해서 적재해 놓고 집에 나무가 모자라면 그곳에 가서 바짝 말라 사근거리는 나무를 집에 지고 온다.

당시에 없는 집에서는 겨울 내도록 칡을 파서 연명을 하곤 하였다. 아침 일어나서 어느 집에는 굴뚝에 연기가 안 난다 하면서 궁금히 생각한 적이 있었다. 못 먹어서 얼굴이 부은 것도 보았다.

다른 집이 칡을 파는 것을 보고 나도 생각이 나서 이웃 윤필국(윤국원 아버지)씨가 산에 칡 파러 가는데 따라서 큰 골에 갔다. 칡넝쿨이 팔목만한 것이 있어서 파기 시작했다. 그런데 칡이 돌 사이로 들어갔는데, 제법 큰 돌이라 상당히 고생하여 돌을 굴려버리고 나니, 그곳에서 팔뚝만한 두 가닥의 칡뿌리가 나왔다. 그것을 캐 가지고 집에 와서 어머니께 칡장국 먹고 싶다고 하니, 즉시 어머니께서 쌀을 주고 칡가루를 바꾸어서 집에서 칡떡, 칡수제비를 해먹고는 일체 칡에 대한 이야기는 하지 않았다.

가을철이 되면 간식거리로 산에 박달, 머루, 다래, 으름이 있었기 때문에 여럿이 모여 산에 가는데 특히 큰골, 작은골, 홈테골, 저문도고랑 등에 가서 늦봄까지 산놀이를 한다. 간혹 다리골도 가곤 하는데 그곳은 나무가 무성하여 산과일이 높이 달려 있어서 따기도 힘들며 멀어서 잘 가지 않았다.

군에서 제대할 당시에는 나무장사가 산을 사서 인부를 대어 쪽나무를 하였는데, 셋째형님과 같이 처음 나무를 쪼개러 갔다. 형님께서는 주로 길이에 맞춰서 자르고 나는 패기만 하였는데, 패는 것도 크기가 거의 고르게 패야 한다. 하루 나무 쪽 팬 기록이 1천2백쪽(열두 잘개) 팬 기억이 생각나며, 쪽 팬 돈을 받아 처음 제대하여 내가 번 돈으로 겨울 잠바를 사 입었다.

나는 태어나서 16살 때까지 소먹이기, 나무하기, 소죽끓이기, 형수님 밥하시는데 간혹 불을 때주곤 하였다.

교육이란 것은 백씨(큰형님)에게서 많이 배웠으며, 편지 쓰는 것도 백씨에게서 문장의 틀과 옛 편지방식을 배웠다.

16살 될 때까지 밥도 서러운 밥 먹지 않고, 아무 부족한 것 없이 천진난만하게 자란 것에 후회는 없다. 걱정 근심하여 본 일이 없다. 아버지 어머니께 꾸중을 듣던가, 욕 얻어먹어 본 적 없고 오로지 형님들께 많은 교육을 받고 컸다. 형제가 많은 것은 내 자랑이고 또 형님들도 훌륭하신 분들이라 남에게 조금도 피해주지 않고 성실한 분들이셨다. 남에게 칭찬을 받았으면 받았지, 미움을 받은 일은 없었다고 생각한다.

## 2. 당시 풍습과 고향 망치

옛날에는 모두 살기 힘든 시절이었다. 우리 집도 그리 풍족하진 않았지만, 손님이 오시면 그래도 대접이라고 하는 편이었다.

내가 설운밥 먹지 않았기 때문에 가난을 잘 몰랐지만, 음력 2월 할만네(풍신제)가 있는데, 그때에는 빈틈없이 떡을 하고 나물음식도 하여 부엌 한 곳에 꽃댕기를 달아 세워놓고, 그곳에 쑥떡, 찰떡을 하여 나물 등 음식과 더불어 상을 차리고 손을 비비며 축원하는 것을 보았다. 안가태평安家太平하고 풍년과 가축의 무탈을 기원하는 것이다. 고사종이가 있었는데, 어머님께서 손을 비비면서 고사지에 불을 붙여서 공중으로 날려 보내곤 하였다.

그런데 떡을 많이 하여 큰떡(채떡)을 만들어 독(옹기) 속에 넣어 놓았다가 다음 기일이 오면 채떡을 내어 할만네에게 차려놓고 손을 비빈 다음에 음식을 같이 나누곤 한다. 세 번의 손을 비비는데 독에 있던 채떡이 곰팡이 핀 것도 씻어버리고 먹곤 하였다.

2월 떡이 너무 맛이 있었다. 그래서 그런지 나는 그때부터 찰떡이라면 하루 정도는 밥 안 먹고 떡만 먹곤 하였다. 지금까지도 찹쌀이 섞여야 밥이 좋고, 찰밥이면 더욱 좋아 한다.

여름에는 논에 모를 다 심어 놓고 나면 유월 용신제를 한다. 집에서 음식을 장만하여 음식을 머리에 이고 논 귀(물 내려가는 곳)로 가서 손을 비비고 논배미 귀퉁이에 음식물을 조금씩 놓곤 하셨다.

봄에 삼麻을 심어, 여름철에 삼을 베어 삶아 벗겨서 말아서 쪼개서 삼을 삼는다. 나중에는 삼베를 짜는 것이다. 삼은 줄기의 길이가 4미터 쯤 되는데다가 꺾거나 자르지 않고 삶아야 하므로 삶는 방식은 독특하다.

온 동네 같은 날, 공동작업으로 삼을 쪄 내므로 미리 날을 정해서 그날에 맞추어 각자의 집에서 삼을 베고, 잎은 미리 만든 나무칼로 다듬어 단을 만들어 준비를 한다.

삼을 찔 때에는 삼을 준비한 집 사람들이 모여서 일을 분담하여 작업하는데, 삼대단이 많이 들어가도록 땅을 직사각형으로 파서 큰 구덩이를 만든다. 길이는 5미터 정도로 삼의 키가 충분히 들어갈 정도이며, 깊이는 1미터정도, 폭은 동네 삼이 다 들어갈 정도로 한다.

구덩이에 삼이 다 재어지면 그 입구에 불을 때서 준비한 돌을 달군다. 많은 돌들이 충분히 달구어지면, 즉시 흙 담당조가 흙을 덮어씌운다. 흙을 다 덮으면, 물조가 바빠진다. 일제히 물을 양동이로 길어 와서 흙의 한 곳에 구멍을 뚫고 물을 붓는다. 이때 뜨거운 물이 튀며, 수증기가 확 올라온다. 이 수증기가 삼을 재어놓은 구덩이로 통과해 삼이 쪄지는 것이다. 적당히 부었으면, 구멍을 흙으로 막고 다른 구멍을 뚫어 똑같이 한다. 구멍을 3~4곳 시행하는 것이다. 그리고 멍석을 덮어서 열기가 새어 나가지 않게 보존한다.

당일에는 손대지 못하고 다음날 식은 삼단, 각자의 표시한 것을 찾아서 집으로 가져가는 것이다.


이 작업은 대단히 중요한 작업으로 온 동네 사람들이 모두 모여서 작업을 한다. 미리 불 때는 조, 물조, 흙 덮는 조 등으로 편제하여 일사천리로 진행되게 하는 것이다. 그래야 삼이 탈 없이 잘 삶긴다.

이렇게 설명하여도 젊은이들은 전혀 이해가 되지 않을 것이다. 각자가 자신의 집에서 솥에 삶지 왜 이리 복잡하게 삼을 삶는지를. 삼은 아주 긴 식물이다. 그 껍질을 길게 벗겨 쪄서 또 이어야 가느다랗고 긴 섬유가 되는 것이다. 따라서 긴 삼을 자르거나 구부릴 수 없기 때문에 이런 방식으로 삼을 수증기로 찌는 것이다.

그 복잡한 삼베! 삼 심고, 삼 베고, 삼 찌고, 껍질 벗기고, 삼 째고(가늘게), 삼 잇고, 조개틀에 감고, 잿물에 바래고, 물레에 감고, 꾸리에 감고, 실을 나르고, 풀로 메고, 베틀에서 짜고……,

이런 복잡한 일을 어머니, 할머니, 형수님들께서 하셔서 우리가 삼베옷을 입었다. 이렇게 힘든 삼베옷 제작 과정을 다시 새겨볼 필요가 있다고 생각한다. 미영베(무명)도 마찬가지다.

미영(솜)도 미영나무(목화)에서 솜을 따서 말리고, 씨앗 빼고, 솜 타고, 꼬치말고, 물레로 잣아 실을 빼고, 줄을 날아, 솔로서 풀칠하여 베를 메고, 베틀에 얹어서 잉잇대, 눌림대, 바디, 북, 무리집, 이런 복잡한 일을 하여서 우리 미영베(무명) 옷을 만들어 입었다.

특히 삼을 삼는 작업(삼을 잇는 것)은 일이 많아서 온 여름 낮이나 밤이나 여자들은 그 일을 하였다. 삼베와 무명은 많이 짜서 팔아 생활비에 보태고, 또 모아두었다가 논, 밭을 늘리는데 보태기도 하고, 자식들의 혼수감으로 사용한다.

당시 우리 집에 밭이 천 평이 넘었다. 그곳에 심는 주 작물은 목화였다. 밭의 가에는 수수심고, 넝쿨동부(납작함) 심고, 그 안에는 목화씨를 뿌려 가꾸는데, 삼복더위 6월 염천에 동네 부인들을 데리고 그 넓은 밭을 두 번 정도 메고 또 순을 쳐서 목화 가지가 많이 나게 한다. 열매(다래)가 열어 차차 익으면 그것이 개화하여 그 안에 복슬복슬한 목화송이가 피어나는 것이다.

그 목화송이를 어머니, 형수님이 합동하여 따서 집에 가져온다. 솜을 빼서 좋고 나쁜 것을 구분하여 정리하는데, 일제시대에는 공출도 많았다. 목화 공출도 있었고, 집에 있는 놋쇠 대야, 밥그릇, 놋쇠 국자 등 놋쇠로 된 것은 모두 공출하여서 갖고 갔다.

그 목화를 씨아로 씨를 앗고(빼고), 말려서 대나무로 만든 활로 부풀려 타서 고치로 말고, 물레를 돌려 무명실을 빼고 날라서 바디에 실을 끼워 잉아에 얹고 바디집을 만들어 실을 끼운 바디를 넣고, 북에다가 꾸리를 넣어 날줄이 되고, 바디에 끼워져 있는 줄은 씨줄이 된다.

그 복잡한 과정을 거쳐야 무명베가 되고, 그 베를 팔아 살림을 불리곤 하였다. 목화가 많으면, 그것을 이고 거제 읍내에 솜타는 곳이 있어서 새벽에 길을 나서면 저녁 해가 져서 돌아오곤 하였다.

그 당시에는 굿시고랑에 장어, 참게, 북태, 가재, 여러 가지 고기들이 많아도 민물 것은 못 먹는다고 아니 먹고, 잡아서 그냥 죽여 버리곤 하였다. 심지어 우리 큰집 뒤 우물 먹는 고랑에도 민물장어들이 쑥 나오곤 하여 갈치낚시바늘로 거싱이(큰 지렁이)를 끼워서 낚아, 먹지도 않고 버리곤 하였다.

굿싯고랑은 굿을 한다고 붙여진 이름이다. 버드나무 세 그루가 삼각으로 크게 있었는데, 내 생각으로는 수령이 2~300년 되지 않았나 싶다. 그 가운데에 몇 십 년 된 소나무가 있었는데, 그곳에다 손을 비비며 굿을 하곤 했다. 그리고 3년에 한 번씩 별신굿을 하였는데, 그때에는 무당과 북, 장구치는 사람 6~7명이 와서 차일을 치고 굿을 크게 하였다.

내가 중학교 다닐 때에 큰 비가 와서 굿싯고랑(굿한고랑)이 황폐화되고, 큰 버드나무 3개도 흔적 없이 사라졌다. 그후로는 그 고랑에서 굿도 하지 아니하였다.

내가 자랄 때 망치 바닷가 언덕에는 큰 포구나무(팽나무), 6월 뽈똥나무, 자연무화과(가제밤), 작은 손마디 만한 열매 등이 많았다. 망치 강습소에 갔다 오다가 포구도 따먹고, 뽈똥, 가재밤 등을 따서 먹었다. 여름철에는 나무등걸에 놀다 오곤 하였는데, 사라호 태풍으로 인하여 완전 떨어져 나가버리고 나무 흔적도 없어졌다.

사라호 태풍 전의 망치 바닷가에는 큰 마을에서부터 윈장(윤돌섬 있는 곳)까지 수백 년 된 나무들의 방풍림이 있었다.

들밭(고랑 넘어, 약 300평)이 있었는데 그 밭에 가면 언덕 밑에 몽고딸기가 있었는데, 그 딸기는 유달리 맛이 독특하고 좋았다. 형태는 개미딸기 형태인데, 나무크기는 크게 자라지는 않고 높이는 40센티 정도 자라는 나무였다. 뒤에 내가 좀 커서 그 딸기나무 있으면, 파와서 집에 심고자 갔더니 그 언덕도 무너져버렸고, 나무도 없어졌다. 그래서 회행回行한 기억이 난다.

여름 모심기 할 때에는 소를 사용하여 논갈이, 못자리, 논썰기를 하기 때문에 소가 바쁘다. 따라서 소를 몰고 들로 산으로 먹이러 가기 곤란하므로 풀을 베어 와서 소에게 먹인다.

나와 애들 몇이 삼거리 넘어가는 다리골로 꼴 베러 갔다. 숲 속에서 자란 억새는 보드랍고 연하므로 소가 잘 먹기 때문에 비가 오는데도 꼴을 한 지게 베어서 지고 오다가 안개도 끼고 비도 오고 소변이 마려우면 옷은 다 젖었으므로 풀지게 진 채로 오줌을 싸기도 했다.

여름이면 소를 먹이면서 풀을 베어 바지게에 가득 지고 와서 둠밭(집안에 소 메어 놓는 곳)에 풀을 부려 놓으면 소가 밤새도록 먹고 남는 것은 소똥과 같이 퇴비가 되는 것이다.

밤이면 모기가 많다. 약도 없는 시대라 집 마당에 처마에 불안 닿을 정도로 자리 잡아 처음에는 끌티기 및 장작이나 마른 나무를 밑에 놓고 밑불을 붙인다. 불이 붙으면, 그 위에다 생풀을 덮으면 연기가 많이 난다. 그 연기로 모기를 쫓으며 그 옆에 자고, 또 마당에 덕석을 깔아 놓고 누워서 하늘에 별을 쳐다보고 '별 하나 꽁꽁. 별 둘 꽁꽁.' 하면서 잠이 든다. 자다가 보면 이슬이 내려 촉촉한 느낌을 받으며 일어나곤 하였다.

모깃불을 이 집 저 집 다 함께 놓으니 밤에 연기가 온 동네를 덮었다. 할아버지께서는 아침 모기는 들어오고 저녁 모기는 나간다는 말을 하였다.

방에서 밤에 빈대와 모기 잡는다고 호롱불을 가지고 다니면서 벽에 붙은 놈은 호롱불을 위에서부터 살짝 대면 날개가 타 바닥에 떨어져 잡고 빈대와 벼룩도 잡았으나, 벼룩은 너무 튀어 잘 잡기가 힘들었다. 빈대는 나무기둥 벌어진 데나 벽 종이 사이에 붙어 있다가 밤에 나와서 사람의 피를 빨아 먹고 간다.

나는 다른 일은 없고 학교 갔다 오면, 소 먹이기, 풀 베어 소에게 주는 것이 나의 중책이었다. 특히 비 오는 날은 종일 내가 신을 짚신(외딱가리, 엄지발가락 사이로 끼워 신는 슬리퍼 모양) 삼는 것이 일이었다. 많이 삼아서 차곡차곡 10여 켤레 삼아 놓고 신곤 했다.

내가 원래 찰밥, 찰떡을 참 좋아하기 때문에 옛날부터 지금까지 밥에 찹쌀이 들어가지 않으면 밥투정을 부리곤 한다. 옛날 초등학교 5학년 때인가, 2월 풍신제때 둘째형님 댁에서 2월 할만네(풍신제)를 지냈는데, 찰떡을 하여 옥식기에 칼자루만한 떡을 열두 개 담았는데, 그것을 다 먹고 학교에 갔다. 그 뒤에 형수님께서 말씀하시기를 '참 많이 잘 자시더라.'는 말씀을 하셨다.

지금도 찰떡이 있으면 하루 종일 밥 먹지 아니하고 떡만 먹어도 싫증 나지 않는다.

내 어릴 적에 각 고랑마다 게, 가재, 장어, 새우, 북태 등이 있었고, 바다에는 소라, 해삼, 미역, 참몰(모자반), 몰(거름용)이 윈장(왼쪽에 있는 엉장) 및 망치 선창 앞에 가득히 자라 배가 못 다닐 정도였고, 먹는 몰은 베어서 몽돌밭에 널어 말려 놓으면, 상인들이 와서 사 가곤 하였다.

그리고 큰 벅굴, 멍게, 홍합 등이 많았고 고기도 많아 낚기도 하고 창살로 찔러 잡기도 하였다. 미역, 가시리 등은 동네에서 회의하여 한 개인에 팔아 돈은 동네재산으로 사용하였다.

내가 알기로는 최순우의 할아버지가 관리를 하시는데, 미역, 가시리, 우무가사리 등은 타인은 캐지 못하였다. 만약 미역이

나 가시리, 우뭇가사리 등을 캤다면 바구니를 뺏어 가버리거나 밟아 부셔버렸다.

갯가에 고기들도 많았다. 봄에 멸치로 입갑(미끼)하여 바위 구멍에 낚시를 넣으면, 한 구멍에 작은 돌돔, 꺽더구를 7~8마리 낚아 보았다.

저녁에는 배를 얻어 타고 바다장어도 낚았는데, 백씨(큰형님)께서는 큰 마을의 배를 타고 먼 바다에 나가 갈치, 조기 등을 많이 낚아 와서 호박국이나 무 넣고 국을 끓여 먹기도 하고, 손바닥 만한 갈치는 소두방 뚜껑을 뒤집어 놓아 구워 먹곤 하였다.

봄이 되면 망치 챗배(초망)를 가진 집이 몇 있어서 형님께서 배에 같이 가서 밤에 가스불을 켜서 바다를 밝히면 멸치들이 불을 보고 모이는데, 멸치를 몰아 몽돌밭가에 닿을 무렵 깃대 같은 그물을 떠 있는 멸치 밑을 넣고 발로서 배의 바닥을 쿵쿵 구르면 멸치가 푹 솟는 틈을 타서 멸치를 뜬다. 이때 일부의 멸치들은 몽돌밭으로 밀려 올라오는데, 그것을 동네사람들이 많이 나와 몽돌밭에 뛰는 것을 주워 담아서 집에 가져가곤 하였다.

한번은 열두세 살 때에 후릿배에 올라가서 갈치를 주워들고 내려야 하는데, 배는 바다 멀리 저어 나가 차차 육지에서 멀어지고 있었다. 안 내릴 수도 없고 갈치 네댓 마리를 들고 바다로 뛰어내렸는데, 그때 육지와의 거리가 200미터 정도 되었는가? 육지로 오는 동안 너무나 힘이 들어서 죽을 뻔한 기억이 아직도 남아있다.

노는 날에는 들에 나간다. 풀 2 바지게 베어 소를 메어둔 밭에 부어놓으면 밤새 소가 먹고 나머지는 밟고 소똥도 같이 섞이는데, 이를 모아서 높다랗게 재어서 쌓는다. 시간이 지나면 썩으면서 낮아지는데, 다시 더 쌓아 거름 더미를 만든다.

나중에 쇠스랑으로 펴서 햇볕에 말리면 좋은 거름이 되는데, 지붕이 있는 헛간 등에 비축하였다가 벼를 베어 내고 보리 심을 논밭에 헛간에 쌓아둔 그 거름을 일꾼을 대어 져낸다. 바지게로 져내어 논밭의 골친 곳에 고루 뿌려 그 위에다가 보리 씨앗을 뿌린다. 그 다음 발로 또는 당그래(고무래)로 흙을 골라 덮는다. 그 보리가 겨울을 지나고 다음 해 4~5월에 익어서 보리베어 타작하는 것이다.

그 보리로 밥도 해먹고 볶아도 먹고 또 볶아서 가루로 만들어 범벅도 해 먹었다. 범벅이란 먹을 것이 없었던 당시의 간식거리 또는 끼니였는데, 볶은 보리를 맷돌에 갈아 가루를 내어 그 가루를 물반죽하여 주물러서 둥글게 만들어 먹는 것이다.

어머니 형수님들의 생활을 생각하여 보면 참으로 고달프다 아니할 수 없을 것이다.

여름에 삼 삼아서 삼베 만드는 일, 겨울이면 미영(목화 솜) 밭에 심어서 씨 빼고 실 뽑고 베 짜서 무명옷 만드시는 일. 식사로는 여자들이 쌀 한 톨 제대로 자시지 못하고, 조금이라도 아껴서 살림을 형성하려고 절약하셨다.

여자들은 주로 고구마밥, 무밥, 톳나물밥, 조밥, 수수밥, 강냉이 등으로 잡수시고, 보통 저녁으로는 밀을 맷돌에 갈아 그 가루로 밀장국(수제비)으로 끼니를 하셨으니, 그 어려움이 오죽하였겠는가?

그리고 봄이 오면 누에 키우기. 뽕밭의 뽕이 모자라면, 산뽕 따러 형수, 형님들이 나갔고, 보따리에 가득 따와서 누에를 키워 잠사공장 직원과 면직원이 함께 와서 누에고치 사가는 것을 봤으며, 나머지는 명주실로 만들어서 명주(비단)를 짜 두루마기 등을 만들어 입곤 하던 것을 보았다.

나의 어머니, 형수씨들의 삶의 고충이 어찌 글로서 표현할 수 있으랴? 기억나는 대로 조금 떠올려 보았을 뿐이다.

## 3. 가정교육과 나의 형님들


나는 8형제 중 막내로 태어났다. 그러나 네 분의 형님은 일가를 이루지 못하고 돌아가셔서 네 형제만 일가를 이루었다. 학교에 들어가기 전에 나는 낮에는 할아버지와 많이 시간을 보냈고, 밤에는 할머니와 주로 생활하면서 커 왔다.

그러다가 내가 구조라 강습소에 입학하게 되었다. 그때부터 선생님의 교육을 받으며 지내는데, 집에 형님들이 많아서 조금도 잘못을 할 수 없었고, 특히 백씨(맏형님)도 나와 나이 차이가 18살인데, 백씨는 젊어서 연초면의 명동마을에 가서 한학을 하셔서 사서삼경을 다 배우신 분이라 예의에 대해서는 철두철미하셨다.

한 집에 4대가 살면서 말 한마디, 행동 하나하나에 대하여 나를 가르쳐 주셔서 현재까지도 백씨의 정신을 이어받아 남에게 손가락질 받지 않으려 하였다.

백씨께서는 동네일을 30여 년간 보셨어도 조금도 부락민으로부터 원성과 원망을 들을 일 없게 처신하신 분이셨다. 마을의 동사라든가 골목 안길 넓히기, 새마을 사업을 하셔서 동네 안길로 차가 돌아다닐 수 있도록 하신 공로는 대단하다 할 것이다. 지금도 그렇지만, 그때에도 길을 넓히려면 인접 토지의 땅과 돌담이 넓히려는 길에 들어가기 때문에 주민들의 설득이 참으로 쉽지 않다.

그때 백씨께서 그 정도 하셨기 때문에 망치 큰마을의 안길이 그나마 넓어져서 차가 다닐 수 있는 것이다.

백씨께서는 우리 형제에게 대한 사랑도 지극하여 우애와 화목을 하였고, 특히 내가 17살까지 같이 생활할 때 까지 큰형님의 덕택으로 통영수산학교에 입학하게 되었다. 방학 때 집에 오면 백씨께서 동네명부를 써 달라는 부탁하였다. 자신이 먼저 붓으로 세필로 써서 주시면서 이대로 써달라고 하였다.

연필로 쓰자니 그렇고 나도 형님과 같이 세필을 쓸 각오로 시작하였다. 과연 붓글씨는 뜻대로 되지 않았다. 한 여름 방학동안 형님의 심부름을 하는 동안 동네사람 한문 이름을 쓰곤 하여 한자를 많이 알게 되었고, 붓글씨도 많이 익숙해졌다. 백씨께서 나에게 글씨를 익히게 할 겸 일을 시켰던 것이다.

그에 재미를 붙여 붓을 잡게 되어 잘 쓰지는 못해도 남에게는 부끄럽지만 형님 덕으로 쓰는 글이라 자부심을 가져보기도 한다.

당시에 편지 쓰는 방법, 말씀하는 방법 등을 많이 배웠을 뿐만 아니라 중학교 갈 때에는 부르더니 "통영 골목을 몰라야 된다."고 말씀하였다. 내가 지금 와서 생각하니 형님의 고마움 이루 형언할 수 없이 고맙고 감사하게 생각한다. 그 당시 백씨께서 나를 중학교 안 보냈으면 나는 어찌되었겠나하는 여러 가지 생각이 들 때가 많다.

지금 내가 이만큼 사는 것은 오로지 백씨와 형님들께서 나를 사람 되라고 중학교 보내주신 덕택으로 남 부럽지 않고 사회에 잘 적응하여 자식 6남매 잘 살지는 못해도 그저 밥 먹을 수 있게 되었으니, 이것이 백씨의 은덕이 않고서는 할 수 있었겠는가? 백씨 감사합니다.

백씨 金永奎公의 장남 김상권 종손은 망치에서 선산과 제실을 지키며, 문중을 지휘, 관리한다. 차남인 김강호는 문학박사이며, 창신대학교 교수를 역임하였고, 현재 거제향교에서 사서삼경과 동양 인문학을 강의한다. 백씨께서 일찍 가시지 않고 강호의 강의 모습을 보실 수 있었다면, 얼마나 감개무량 하셨을까?

둘째 형님은 金永守公이시다. 한문도 많이 아시고, 독학하여 일본어도 잘 하셨다. 재주도 많고 영민하셨다. 젊어서는 어선도 타고, 넓은 대양으로 세계를 다니는 상선도 탔다. 침을 놓으시는 재주가 좋아서 만년에는 망치 자택에서 외지에서 오는 환자들에게 시침을 하곤 하였다. 침을 잘 놓는다는 소문이 퍼져 멀리서도 찾아오곤 하였다. 한번은 내가 잘 아는 분으로, 백씨와도 같이 한학 공부를 하신 분인데, 장목인 그의 집에 한 약방하는 분이 있었는데도, 우리 중씨에게 침 맞으러 오는 것을 보았다.

딸은 많이 두었고, 아들은 단 한 명을 장년에 두셨는데, 김흥호이다. 통영 수협에서 과장으로 착실히 일하고 있는데, 딸과 아들을 낳아서 좋은 가정을 꾸려 나간다. 흥호 조카와 그의 자식 지혜, 경헌을 볼 때 마다 나는 눈물이 나도록 좋다. 이쁘다. 나도 그러한데, 형님이 보신다면 얼마나 더욱 좋으실 것인가?


셋째형님은 金永植公이시다. 첫째, 둘째 형님에 비하여 조용하고 온화하신 형님이셨다. 위의 형님들 아래서 심부름 등으로 수고가 많으셨다. 손뜨개 솜씨가 좋았다. 잠바나 스웨터의 손목 부분이 해어지면, 실로 예쁘게 짜 붙이는 솜씨가 대단했다. 장갑도 잘 짰다.

노래를 즐겨 불러서 관광 가시면 노래를 독차지 하곤 하였다. 형님의 여식들도 노래를 잘한다.

장남이며, 독자인 김성호를 낳고 아래로 여식을 많이 두었다. 성호는 부산교육대학을 졸업하여 초등학교 교사를 하였다. 부산교육대학부속초등학교 교장을 끝으로 정년퇴직하였다. 퇴직한지 얼마 되지 않아 나쁜 병으로 안타깝게 일찍 세상을 떠났다. 참으로 안타까운 일이다. 성호의 아들 김한진도 교사를 한다. 한진이를 보고 싶은데, 그럴 기회가 없어 안타깝다.

# 제3장
# 학창시절

# 제3장
# 학창시절


## 1. 국민학교


내가 9살 때 구조라 강습소에 입학하였다. 당시에 4학년에 셋째형(영식)님, 이계영(이부웅 아버지)형님, 망치 김문규씨, 설정규씨 형들, 그리고 나의 동기는 망치 김주식, 불당 차달오씨였다.

선생님은 와현의 이상재선생님, 지세포 교항 박갑용선생이었다. 당시에 수업료가 50전인가 싶은데, 교무실에 수업료 내러 간다고 가서 선생님에게 드리고 인사를 하는데 내 이마가 책상 바닥에 부딪혀 탁하고 소리를 내었다. 선생님께서 웃으시면서 "머리 참 여무다."라고 하셨다. 학교 갔다 오다가 윤들에서 큰 왕벌집을 건드려 머리, 다리에 쏘였는데, 별로 아프지 않았다. 벌 독을 타지 않는 것이다.

하루는 선생님이 교실에 들어오시더니 방귀냄새가 나는데, 누가 방귀 뀌었나 손을 들라고 하니 아무도 손들지 않았다. 그러면 옆 사람 궁둥이를 맡아 보라고 하였다. 이곳저곳에서 "이곳이 납니다. 애 뒤에서 납니다." 하면서 야단이었다.

소란스런데다가 아무도 손들고 나오지 않으니까 전체 벌을 받는데, 장단지 내어라 옷을 올리게 하고 무조건 3대씩 매를 때렸다. 피가 나는 아이도 있고, 나는 피멍이 새파랗게 들었다.

집에 와서 부모님께 말씀도 못하고 혼자서 참고 나갔다. 그때는 선생님께 매 맞았다면 이유여하를 막론하고 잘 맞았다고 하였다. 선생님의 매는 교육의 매라면서.

그 방귀 사건 이후로 교실 안에서 누구는 방귀 50개 쟁이, 누구는 방귀 20개 쟁이 하면서 별명을 붙여 장난을 하곤 하였다.


한번은 선생님께서 "너 망치에서 오니? 올 때 산에서 매를 좀 만들어 오라."고 하셨다. 시키는 명을 받고 만들어 드리니, "먼저 네가 한 대 맞아 봐야 한다." 하면서 궁둥이에 매를 때렸다.

1년 다니고 2학년 초에 망치에도 강습소가 생겼다. 형님들은 졸업을 하고 망치에서 혼자 구조라 다니니까 외로워서 구조라

학교로 가지도 아니하고 말도 없이 망치 강습소로 책보를 메고 가니 잘 받아 주었다.

그때 선생님이 5촌 당숙 김두찬(형만의 할아버지)이었다. 공부는 어찌하였는지 잘 생각나지 않는데, 내가 이가 아파서 학교에 가지 않고 2년반을 집에서 쉬었다. 몸이 회복되어 3학년 복학하여 공부를 하는데, 머리에 잘 들어가지 않았다.

3학년때 선생님은 중씨(둘째형)의 처남, 지세포 주경석 선생님 뒤에 백씨의 큰처남 옥영실 선생님(나중에 군청 내무과장 지냄)이시었다.

5학년에 다니는데, 백씨께서 나를 일운국민학교에 편입시켰다. 당시 망치 강습소의 6학년인 최순우와 설남주와 함께 일운국민학교 5학년에 편입되었다.

담임선생님은 유치담(유치진,유치환과 형제) 선생님이었다. 망치강습소에서 제대로 배우지 못했으니, 따라갈 수가 없었다. 더구나 새벽에 갔다가 저녁에 오니, 일본 글 잘 모르겠지, 분수도 못 배웠는데 편입하자 분수 시험을 쳤다. 20문제 중에서 옆의 아이 것을 보고 컨닝하여 하나 맞추고 나머지 모두 틀려 5점을 받았다.

당시에는 일제시대이기 때문에 우리말 하면 안 된다고 하였고, 우리 한글(조선어)은 국민학교 2학년으로 끝났는데, 나는 강습소이기에 3학년때 조선어를 조금 배우고 전부 못 배우라는 지시에 의하여 조선어 책이 없어졌다.

　당시 망치에서 일운국민학교까지 거리가 약 8Km인데, 길은 자갈길이고 신은 짚신(외딱까리)이었다. 일요일이면 짚신 삼는 것이 일이었고, 공부는 뒷전이었다. 학교에서 오다가 비가 오면 책보만 젖지 않도록 옷을 벗어 겹겹이 책보를 싸서 오고 몸은 완전히 목욕한 것처럼 되었다.

　짚신(외딱가리, 슬리퍼 같은 모양) 뒷축에서 펄이 튀어 올라 뒷머리까지 흙투성이가 되곤 했다. 학교 갈 때에는 맨발로 길을 걷다가 동네, 학교 앞에서는 짚신을 신고 걷곤 하였다.

　비가 와도 우의는 없고 아는 곳에 가서 잘 수도 없고 하여 비를 맞고 오곤 하였다.

　당시에 목상(木商, 나무장사)들이 산에 나무(쪽나무)를 해놓고 나무를 하산하는데, (소동 뒷산 8부 능선) 우리 학생들을 동원하여 많은 학생들이 나무하산 하는데, 선생님께서 한사람 10쪽씩 지고 10번을 하라고 하시면서 한번 운반하면 표 1장씩 주어 10번을 채워야 했다. 목상 주인이 우리친구 아버지였다.

　학교 갈 때에는 각 지역마다 학생들이 구조라, 망치 학생이 모여 한 줄로 서서 전쟁노래(캇데쿠루사도이사마시구) '이겨서 돌아오니 즐겁다', (나나서 보단은 사꾸라니 히가리) '학생복 일곱단추는 사꾸라 꽃이—'라는 노래를 목이 터져라 부르며 학교에 들어가곤 하였다.

학교에서 소년단 차출이 있었는데 나와 최순우, 설남주 세 사람은 16살이어서 차출대상이 되었는데, 중학교 갈 것이라고 하니 선생님께서 차출에서 제외하여 주었다.

그때가 2차 세계대전 때라 운동장 가에다가 호를 파놓고 미국 B-29 비행기가 공중에 높이 떠서 날으면, 우리는 교실에서 수업하다가 전부 나와 호에 들어가곤 하였다.

망치 앞의 먼 바다에 큰 상선인지, 군함인지 몰라도 큰 배에다 비행기가 날아와서 폭탄을 투하하면 물이 높이 솟곤 하였다. 그 비행기 떠난 후에 큰 배는 보이지 않았다.

여름 방학 때라 1945년 8월 15일 해방이 되었다고 하여 태극기니 뭐니 하면서 그만 세상이 뒤숭숭해지기 시작하였다.

하루는 높은 산에(다릿골 넘어가는데) 소 먹이러 갔더니 산골 밑에서 빨치산(빨갱이)이 숨어서 경찰을 피해 살고 있었다. 아침, 저녁으로 밥을 해 먹는가 연기가 나곤 하였다. 간혹 동네에 내려와서 친 인척 등 식량도 얻고 또는 강탈도 해가곤 했다.

나는 해방이 되어 아무것도 모르고 산에 소 먹이고 있는데, 아래 봉팅(현재 조부모 묘소) 위 새길(신작로)에서 소를 먹이는데, 그때가 9월 말경인가? 마을에서 큰 소리로 내 이름을 부르는 것이었다. 그래서 대답을 하니, 모레 학교에 오라는 말이었다. '내일은 왜?'하고 물으니, 내일은 일요일이라고 했다. 마을에서 소리친 학생들은 구조라에 사는 5학년 동기들이었는데, 나보다 나이는 세 살 아래였다.

이틀 후에 맨손으로 학교에 가니, 그때 아이들은 한글을 다 배워 글을 읽고 하였다. 나는 강습소에서 조금 배워 알았기 때문에 한글은 알겠는데, 산수는 도저히 이해가 되지 않아 따라갈 수 없었다.

선생님께 나, 순우, 남주 세 사람이 '우리는 중학교에 갈 것이니, 육학년으로 월반시켜 달라.'고 담임선생(유치담)에게 부탁을 드렸더니 5학년에서 우리 세 사람하고 소동의 신기성이하고 육학년으로 월반하였다. 16살에 월반하여 6학년이 되었는데, 담임은 이송재선생님이셨다.

실은 망치에서 새벽밥, 우리 큰형수씨가 고생을 하셨는데, 그때는 그것도 모르고 이제 깨닫고 뉘우쳐진다. 밥 지어주신 것 먹고 지세포 학교에 다녀오면 어둡고 또 고단하니 공부 될 턱이 없었다.

특히 겨울이면 짚신을 신고 양말도 없이 길을 걷다가 돌에 엄지발가락이 차이어 피가 나고, 얼어서 진물이 나곤 했다. 그때 약이라는 것은 된장 밖에 없었다.

6학년 올라가서 공부를 하는데, 순우, 남주는 그래도 망치강습소에서 6학년 공부를 좀 하였지만, 나는 생소한 것이어서 너무 어려웠다. 겨울방학 지나고 1946년 3월경 과외공부를 한다고 하였다. 담임선생님 댁에서 한다기에 다른 아이들과 함께 우리 세 사람이 시작하는데, 망치에서 오고 갈 수가 없기 때문에 둘째형님의 지세포 처가댁(교항마을의 양반집)에서 하숙을 하고 대동마을의 선생님 댁에서 과외공부를 하였다. 그때는 가을학기가 시작이었다.

과외공부를 하니, 조금 나아진 듯 하였는데, 그때 졸업이 6월 24일이었다. 졸업하고 통영중학교, 통영수산학교 시험을 쳤다.

당시 수산학교장이 우리 와현집안이신 김기택(나의 아저씨뻘)씨였다. 백씨가 잘 아시고 옛날 일제시대 지세포 대동마을의 강습소 교사로 계셨던 분이시다.

뒤에 발표가 났는데, 통영중학교는 세 사람 모두 낙방하고, 수산학교에 3인이 합격하고, 지세포 동기 주문수(교항)도 같이 합격하였다. 수산학교는 180명을 뽑아 3학급으로 편성하였다.

초등학교 졸업과 수산학교 입학이 1946년 해방 다음 해로 내 나이 17살이었고, 셋째 형님께서 무명실로 양말을 뜨개질하여 떠 주어서 다행히 한 겨울을 무사히 보냈다.

　거제는 당시 통영군에 속해 있었다. 내 6학년 때 거제국민학교에서 통영군 국민학교 육상대회가 개최되었다. 우리 일운국민학교도 참석하기 위하여 선수선발이 있었다.
　그 가운데 나도 육상선수로 선발이 되었다. 그래서 학교에서 연습해 가지고 거제 사시는 이선생(일본이름 木下)선생 집이 남산에 있었고, 10여 명이 참석하는데 100미터, 200미터 달리기, 400미터 릴레이, 마라톤 등이었다.
　내일이 대회날인데, 이선생님 집에서 자고 세수하러 간다고 이선생집을 나와 오수 건너가는 좁은 다리 밑에 모치(숭어 새끼)가 가득하였다. 모두 달려들어 두 통이 넘게 잡아 이선생님 집으로 가져왔다. 맛있게 반찬을 하고 아침밥을 먹고 산성에 선생님과 우리 모두 올라갔다. 그곳에 가니까 홈 파진 주춧돌과 물, 뽈똥나무 등이 있었다.
　그때 크게 유행하여 사회 전반적으로 퍼져 있는 놀이가 있었는데, 그 내용이 다음과 같다.
　한 사람이 손을 모아 눈 감고 "춘향은 남원골 춘향이고, 생일은 4월 초파일이다. 십오야 밝은 달밤에 즐겁게 놀다가소" 하는 놀이가 있었다. 윤정원 친구가 묵념을 하고 있고 우리 모두가 주문을 외우니, 아니나 다를까 그 친구가 신 오른 사람처럼 손이 벌어지고 서서히 일어서더니마는 춤을 추기 시작하였다.

너무나 신기하여 '내일 우리 대회에서 몇 등이나 하겠는가?' 물으니, '등수 못한다.'고 하면서 눈물을 흘렸다. 그때 어느 친구가 등을 치면서 '이제 그만해라. 춘향이 가거라.'하고 외치니 그제야 눈을 비비면서 제 정신을 차리더라. 그가 한 내용을 물으니, '무엇을 하였는지 모르겠다.'고 하였다.


산성에서 내려와 다음날 거제국민학교 운동장에서 시합에 들어갔다. 통영국민학교, 유영국민학교, 충열국민학교, 두룡국민학교 등이 오고, 거제 내에서도 학교 다수가 참가하여 해방되고 처음으로 경사스러운 행사였다.

대회에 참석하여 릴레이 전체 3등, 춘향 노래로 춤추던 윤정원이 친구가 마라톤 4등으로 달렸는데, 도착지에서는 그만 5등으로 들어왔다. 그래서 모두 마치고 돌아와서 윤정원 친구를 마라톤 5등(고또)라고 부르면서 장난을 하였다. 이 친구 지금까지 아픈데 없이 건강하게 지내고 있다.

이것이 학교생활 때에 남은 추억들이다.

## 2. 통영수산학교

통영수산학교 입학이 9월 1일이었다. 교복을 입어야 하는데, 특별한 옷은 없고 검은색 학생 양복이었다. 시장에서도 파는 것은 없고 하여 어머니, 형수께서 만드신 미영(무명)베를 가지고 거제읍의 남산에 양복점이 있어서 그곳에 가서 옷을 만들었다. 검은 옷으로 만들기 위하여 물을 들여야 하는데, 옷 물들일 물감 파는데도 없고, 또 물들이는 곳도 없었다.

궁리 끝에 어머니, 형수씨께서 솥 밑의 검댕을 긁어서 물을 들이고 보니, 옷이 검은 듯, 흰 듯 하여 보기로도 형편이 없었다. 그러나 별 도리도 없어 학교는 가야 하기 때문에 입었다.

학교 갈려고 하니 백씨께서 하신 말씀이 '통영의 학교에 가거든 큰길은 알아도 통영의 골목길은 몰라야 된다.'는 말씀을 하셨다. 당시에는 그 말뜻을 잘 이해하지도 못하면서 무슨 뜻인지 물어 보지도 않았다. 그러나 백씨의 그 말을 잊지는 않고 있었는데, 그 뒷날에 생각해보니 '아하! 뒷골목 같은데 어슬렁거리지 말고 공부 열심히 하라.'는 뜻이었구나 깨닫게 되었다.

당시에 백씨 큰처남 옥영실씨가 통영군청에 근무하여 통영에 계셨기 때문에 하숙집을 구하여 주셔서 8월 30일 경 검댕으로 물들인 양복 교복을 입고 통영 하숙집(부도정이라고 하였다. 수원지 밑)에 들었다.

그때 학교에 가니 동호동에 본관이 있었는데, 우리는 창고였다. 제1학년 3반인데, 어로과, 제조과, 증식과가 있었다. 나는 어로과에 지원하여 수업하게 되었다.

조금 지나서 친구를 알게 되니 경북포항, 하동, 남해, 거제, 고성, 마산, 진해, 각처에서 모여들어 있었다. 해방 다음해라 나라가 정돈되지 않아 사회는 좀 혼란하였다. 공부가 생소한 것이라 어려웠다. 처음 보는 영어와 콤파스, 그물뜨기, 기상학 등이었다.

시일이 가고 서로 알게 되니까 나이가 20살부터 최하는 14살까지였다. 그때 내 나이가 17살인데, 키대로 서는데 제일 작은 아이부터 키대로 나가는데, 내 출석번호가 38번이었다.

학교에서 배우는 공부는 항해사, 기상학, 콤파스, 그물뜨기, 그물깁기, 한문, 중국어, 영어, 수학, 화학 등이었다.

평균성적(학과과목) 60점 이하이면 낙제를 하고, 과목 성적이 40점 이하이면, 그 과목 재시험을 쳐야했다.

한문시간에 배운 주희(朱子)의 勸學文은 아직도 기억에 남는다.

勿謂今日不學而有來日　　물위금일불학이유내일
오늘 할 공부 내일이 있다 미루지 말고
勿謂今年不學而有來年　　물위금년불학이유내년
올해 할 공부 내년도 있다 미루지 말라.
日月逝矣歲不我延　　일월서의세불아연
날이 가고 달이 가고 세월은 나를 기다리지 않았다.
嗚呼老矣是誰之愆　　오호노의시수지건
아이고 늙었구나 누구를 탓하랴?

少年易老學難成　　소년이로학난성
소년은 늙기 쉽고 학문은 이루기가 어렵다
一寸光陰不可輕　　일촌광음불가경
순간의 세월도 가볍게(헛되게) 여기지 마라
未覺池塘春草夢　　미각지당춘초몽
연못가의 봄풀이 꿈도 채 깨기 전에
階前梧葉已秋聲　　계전오엽이추성
섬돌(계단) 앞의 오동잎은 벌써 가을을 알린다

체육시간에는 날씨에 따라 주로 수영을 하는데, 여름에는 원영 3마일(약 5.5Km)을 헤엄쳤는데, 동호동 학교 앞에서 출발하여 한산도 방향의 죽도를 돌아 동충 앞의 섬을 돌고 학교로 돌아온다. 큰 배도 따라가고, 보트도 같이 갔다. 도중에 영양보충을 위하여 사탕을 간간이 주곤 하였다. 그때 나는 헤엄이 부족하여 원영을 포기하였다.

내가 통영 가서 하숙을 4번 옮겼는데, 처음에는 백씨의 처남께서 구해준 부도정(지금은 이름이 없어졌음). 봉래극장 들어가면 왼쪽 수원지 아래 중허리에 있었고, 두 번째는 최순우와 같이 태평동(경찰서 뒤 끝) 정량동 접경, 성결교회 밑이었고, 그 다음에는 도천동 (삼거리 외5촌 옥천환씨의) 외6촌 누나집에 용산의 윤병도(일본가서 성공한 분)씨랑 같이 하숙겸 자취겸 하였으며, 네 번째에는 수산고 교장이신 김기택(와현집 아저씨)댁에 하숙을 하였다.

입학하여 얼마 되지 않았는데 저녁 9시 무렵 시가지에서 아우성소리가 크게 들리고 집에서 보면 경찰서가 보이는데, 경찰서가 부서지는 소리가 나고 또 총소리가 나고 참으로 요란하였다. 구경가려고 하다가 무서워서 못가고 다음날 학교 가는 길에 경찰서를 가보니 순경은 아무도 없고 경찰모자만 떨어져 뒹굴고 있었다.

학교에 가서 서로의 소리를 들으니, 적색분자들이 난리를 내었다고 들었다. 아침에 올 때 보니 군인차가 도착하여 학생을 제외하고 젊은 사람들을 마구 잡아 차에 실어 가곤 했다.

그때 항남동 아카데미라는 큰집도 파손이 되었다고 했고, 제조과 동기인 김명옥이가 다리에 총상을 입고 병원에 있다고 하였다. 김명옥은 장목이 고향이었다.


도천동 외6촌 누님댁에서 용산의 윤병도와 같이 하숙겸, 자취겸 생활하다가 윤병도는 일본에 들어 가버렸다. 혼자 있을 수 없어서 최순우 큰어머니 친정이 학동 진(진석중)씨라. 최순우의 연비(聯臂. 다른 사람을 통하여 간접으로 소개함.)로 태평동 경찰서 뒤의 진석문(만주 계시다가 해방되고 나왔음)씨 댁으로 하숙을 옮겼다.

그 집에서 통중 다니는 송두성 학생, 학동 진선준, 신갑상(연초), 최순우, 나, 나중에 최순우 동생 최무우와 같이 6명이 하숙하였다.

아침 먹을 때에 점심을 싸주는데, 아침밥을 먹고 난 후에 방에 와서 또 점심까지 먹고, 빈 벤또(도시락)는 이불 속에 넣었다가 저녁 때 집에 와서 내어 주곤 하였다.

하루는 순우와 내가 싸움을 하였는데, 하도 인정 없이 때리기에 내가 그를 쳐 박아서 내가 위에 있는데도 때리지 못하였다. 만약 상처가 나면 집에서 와가지고 보면 어쩌나 하는 생각에 못 때리고 위에서 울고 있으니, 주인집 형수씨가 나를 보고 '아재가 위에 있으면서 왜 웁니까?'하면서 도로 나갔었다.

한번은 잠을 자고 일어나니 내가 신던 가죽구두(내가 학교 간다고 형님이 신던 신을 준 것임)가 밤새 도둑이 가져가고 없었다. 그날이 토요일이라 다른 신은 없어서 축구화(그때는 처음 보는 신발이라 축구화인지 몰랐다)가 있어서 그 신을 신고 집에 왔다가 일요일 통영에 가니 우리의 3회 선배인 이기운(동부 산촌 이재범 아들)씨도 신발이 없어졌다고 하였다.

나와 동갑인 망치의 설남주는 우리집하고 100미터 떨어진 정량동에서 자취를 하고 있었다. 그 친구는 어찌나 힘이 센지 통영 깡패 세 사람하고 싸워 이겼다.

토요일날 통영에서 오후 2시 반에 배를 타면, 5시나 5시 반에 거제의 각산 뱃머리에 도착한다. 해가 산으로 기울어 넘어 가곤 하였다. 그때부터 순우하고 나는 둘이서 걸어 집에 도착하면 아마 저녁 8시쯤 되었던 것 같다. 오면 형수께서 밥을 하여 주셔서 먹고 다음날 새벽 2-3시 경 일어나서 형수님께서 또 밥을 지어주셔서 먹고 때로는 하숙비로 쌀 10되 정도 지고, 형님이 잡비를 주시면서 사용한 돈을 적으라고 하셨다. 그때는 하숙비가 쌀 20되였다.

내가 직접 메고 간 것과는 별도로 형수님, 어머님께서 쌀을 가지고 통영까지 많이 왕래를 하였다.

쌀을 지고 최순우의 집에 가면 최순우 잡비는 자기 아버지, 어머니, 형님, 세 사람이 따로 주는 것을 내가 보았다. 그렇게 둘이서 걸어서 거제까지 가서 배를 타고 통영 학교에 다녔다.

한번은 집에 온다고 순우하고 같이 오는데, 거제 각산 뱃머리에 군인들이 인원조사를 하고 어떤 사람은 잡곤 하는데, 우리 학생들은 무조건 통과였다. 그때 참으로 학생의 보람을 느꼈다. 그래 집에 오니 큰 마을에 온 동민들이 다모여 있었다. 그때 백씨께서 구장하시던 때라 나는 집에서 그래도 밥을 찾아 먹었는데, 호림부대라고 했는가 모르겠는데, 군인이 들어와서 구조라도 사람이 많이 죽었다고 하고 망치에서도 불온분자(빨갱이)가 몇이 죽었다는 말씀을 나중에 백씨에게 들었다.

망치 동네 사람들이 모였는데 백씨께서 부락 어떤 집에 갔더니 술을 거르다가 그대로 두고 간 집이 있어서 배도 고프고 입이 마르던 차에 한 사발을 꿀꺽 마시고 나니 속이 좀 풀리었단다. 그때 군인들이 형님을 데리고 망곡재(망치재)에 데리고 가서 성城돌위에 세운 후에 취조를 하였다고 한다.

백씨께서는 "나는 아무 죄도 없고, 오로지 동민을 위하여 열심히 일한 것뿐인데, 무슨 잘못이 있어서 이러냐?"고 (그때 용기는 술기운이라 하였음) 했단다. 그제야 내려오라고 하여서 같이 이야기를 하여보니 참 좋은 사람들이었다고 하시는 말씀을 들었다.

여름방학 때는 김상식(지금 대구살고 나를 제대시켜준 친구)을 비롯한 내 친구들을 데리고 와서 왼장에 가서 굴도 따고 멍게도 따고 40센티나 되는 돔을 창으로 찔러 잡아 집에 와서 밀장국도 해 먹었다.

겨울 방학 때는 용산의 윤병도 집에 가서 자고 앞의 냇가에 가서 얼음을 깨고, 물을 수건에 적셔 냉수마찰도 하고 그랬다.

그때 병도 누나는 '너희들은 일어나서 운동을 하는데, 우리 병도는 아직 일어나고 있지 않다.'고 말을 하였다.

3학년에 올라갔을 때 광목양복을 시장에서 사 입으니 기분이 너무 좋았다. 그 옷을 입고 보니 그때서야 진짜 학생인 듯 싶었다.

입학 당시 모표가 없어서 마분지를 오려 만들어서 모자에 붙이고 다녔다. 모표가 그 뒤에 뺏지로 제조되어 나와 붙이고, 뒤에 쌍발이 즉 '水'로 변경하여 부착하고 다녔다.

수고 교장댁으로 선배 한 사람하고 둘이 하숙을 옮겼는데 울산분이시라 성씨는 전⽥씨였다. 하숙하는 동안 숙모님께서 한번은 밥을 갖다 주시다가 "이놈들 반찬값은 안 가지고 오면서 고기반찬은 잘 먹네!"하셨다. 그 소리를 듣고 우리는 고기반찬 들어오면 고기는 먹지 않고 내어주니, 한번은 숙모님 하시는 말씀이 "이놈들 절에 중이 되어 갈 것인가? 고기를 안 먹노?" 하셨다.

그러다가 1950년 한국전쟁이 터져서 학교도 엉망이 되고 학생들도 각기 헤어졌다. 나는 집으로 와서 군에 잡혀가지 않으려고 숨고, 심지어 삼거리 절에 가서 생활을 2개월 하는 동안 산모퉁이 가서 저 먼 진동에 보면 빨갱이가 들어와서 불을 질러 연기가 많이 나고 저녁에는 불바다가 되어 있었다.

그때 통영에도 빨갱이들이 들어와 있었던 때라 백씨께서 구조라학교 이송재교장(나의 6학년 때 담임)에게 부탁을 하여 학교 강사로 들어가게 되었다.

내 수산학교 3학년 때인가, 음력 1월 2일 날 학교 가야 하기 때문에 정월 초하룻날 아침에 최순우와 둘이 음식을 지고 걸어서 거제를 지나 옥산재를 넘고 둔덕 옥동을 거쳐서 견내량까지 가서 도선을 불러 타고 바다를 건너 원양, 삼화삼거리, 용남면 지나 통영 하숙집에 도착한 적이 있었다. 명절이라 거제에서 통영 가는 여객선이 쉰 까닭이다. 도착하니 저녁 3~4시 쯤이었던 것 같다. 4년 동안 딱 한번 그래봤다.

어머니께서는 내가 통영에서 집에 오면 전깃불 밝은 데 있다가 왔다고 올 때마다 꼭 양초를 준비했다가 촛불을 켜주시곤 하셨다. 내가 클 때까지 어머니에게 잘못해도 꾸중이나 말 한마디 들은 적이 없는가 보다. 항상 형님들에게 꾸중 듣고 교육받고 하여 고이 자랐는가 싶다.

# 제4장
## 군대와 결혼

# 제4장
# 군대와 결혼

## 1. 입대와 제주훈련소

### 입영환영회

1952년 11월 20일 군에서 입대하라는 입영통지서가 나왔다. 그때 나는 구조라국민학교 강사로 근무하던 때라 집에는 '金榮銀 祝入營' 프랭카드가 우리 집 사립의 대나무 끝에 높이 걸리어 바람에 휘날리고, 나는 선생님들의 호의에 밤낮으로 식사 대접을 받았다. 그때는 전시라 군에 가면 죽는다는 인식이 사회에 퍼져있어서 입대자에 대한 사회적 환영이 대단하였다.

학교에서 송별 및 입영환영회를 하여 주시는데, 직원 및 지방유지, 학부모님 등 100여 명이 참석하여 입영축하금 및 술자리를 거창하게 차려 주셨다. 내가 술을 받아먹다가 버린 술이 술상 밑에 한 통이 넘쳤으니 얼마나 대단했다는 것을 짐작할 수 있으리라.

특히 내가 학교에 있을 때 실습지 담당이라 무, 배추가 잘 되었는데, 이송재 교장 선생님(나의 6학년 때 담임)께서 실습지에서 키워 놓은 무, 배추를 술상에 가득 올리시더니 "네가 키워 놓은 것이니, 많이 먹고 가라."고 하셨다.

집에 선생님들과 같이 와서 입영준비를 하는데, 환송회에서 돈 들어온 것이 많았다. 그 중 700만원을 가지고 갈 것이라 팬티를 2중으로 어머니가 바늘로 기워 주셔서 그 안에다 넣어 팬티를 입었는데, 잘 되지 않아 축입영 플랭카드로 전대를 만들어 허리에 찼다.


## 무학국민학교와 포항에서 승선


1952년 11월 18일 일운국민학교 운동장에 1시경에 약 40여명의 입영자가 모였다(당시엔 고현도 일운면임). 일운면장 정인도씨가 환송사를 하고, 입영자 대표로 내가 답사를 하였다.

당시 술에 취하여 정신이 혼미한데, 무어라 말씀하였는지 잘 기억이 나지 않는다.

식을 마치고 트럭으로 하청부두에 가서 마산가는 배를 탔다. 그때야 내 정신이 좀 들었다. 다소 마음이 울적해 지는데, '자. 이제는 될대로 되어라.'라는 마음으로 마산 부두에 도착하니, 그곳에 우리를 인솔할 군인들이 기다리고 있었다.

우리들을 데리고 간 곳이 마산무학국민학교라, 이층 교실의 바닥에 100여 명씩 넣더니만, 화장실에 갈려면 팬티만 입고 나가라 하였다. 저녁때라 나도 소변이 하고 싶어서 아래에 내려가니 백씨(큰형님)하고 구조라 전원병씨(당시 헌병사령부 문관)하고 나를 찾아와서 바로 "나가자"라고 하였다.

그때는 전시라 군대에 가면 죽으니까, 우선 도망하자는 것이다. "형님, 저 군에 가겠습니다. 걱정 마시고 돌아가시소,"하면서 뒤돌아보지도 않고 도로 교실로 돌아갔다. 나는 입영할 때까지 형님 앞에서 담배를 피우지 못했었는데, 낙타(카멜), 히노마루 담배를 사 주어서 받았다.

그때 군인이 복장검사를 하는데, 몸에 있는 것 하나도 숨기지 말고 앞에 내어 놓으라고 하였다. 내 몸에 돈 700만원이 있는데, 어찌 처리해야 하나 걱정이 있었는데, 다행히 창문가에 앉았기 때문에 축입영 플랭카드에 돈을 봉해 넣은 것을 검사

하는 동안 슬그머니 문 밖에 내어 놓았다가 검사 마치고 도로 찼다.

잠은 일열 종대로 다리 사이사이 불두둑을 베개 삼아 잤다. 새벽에 기상 명령에 일어나 기차를 타고 포항의 군인 검역대 기소로 갔다. 하나하나 검사를 하는데, 그 중 한사람이 내가 입고 있던 독구리셔츠(미군 내의로 두둑함)를 보더니 '너 옷 다 벗고 군복을 입을 것이니, 그 옷을 자기에게 달라.'고 하였다. 나는 서슴없이 벗어 주었고, 나중에 군복을 내어 주어서 입고, 벗은 옷은 지시에 의하여 고향주소를 적어, 싸서 제출하였다.

저녁때가 다 되었는데, 어디로 데리고 가더니 큰 배가 있었는데, 그 배에 타라고 하여 남들과 같이 배에 올랐다. 저녁이라고 주먹밥을 주는데, 반찬도 없는 밥이었다. 안 먹어보던 찬 없는 밥이라 참으로 괴로웠다. 다행히 나하고 같이 간 친구가 망치의 최순우와 용산의 김중립이 있었는데, 깁중립(수산학교 동기)이가 어디 가서 가져 왔는지 단무지를 가져와 그것으로 반찬 하여 먹었다. 먹고 남은 단무지를 플랭카드로 만든 전대 안에다 넣어 밤을 새우고 보니 플랭카드에 노란물이 들어 보기가 민망할 정도였다. 아침 해가 뜰 무렵, '하선'이라는 말에 '어디인고?' 하였더니 제주도라고 하였다.

## 제주훈련소

우리가 가는 도중에 훈련병들이 지나가는데, 세수도 안한 얼굴에 검은 흙먼지가 많이 묻어 있었다. 나는 '왜 세수도 하지 않고 저렇게 다니는가?' 혼자 궁금하게 생각하였다.

시키는 대로 따라가니 제주 제1훈련소 6연대 161중대에 배치가 되었다. 그날부터 직속상관 및 관등성명, 훈련소가를 가르쳐주었고, 3보 이상은 구보였다.

　1. 훈련소장 백선엽

　2. 직속상관 중대장 여득중

　3. 훈련소가

　　1) 제주도 넓은 들에 바람소리 굳세니

　　　 한나라 젊은이들 구령소리 우렁차다

　　　 핏줄은 엉키어서 즐거웁게 뭉쳤으니

　　　 조국을 지킬 사람 우리 두고 또 있으랴


　　2) 한라산 높은 봉에 떠오르는 아침 해는

　　　 민족에 앞을 솟는 우리들의 기상이다

　　　 이 몸은 어느 곳에 쓰러진다 할지라도

그 넋은 피어나서 오늘 해를 지키련다

## 화폐교환

아침이 되면 이곳 저곳에서 훈련소가 떠나가라는 듯 각 중대에서 훈련소가를 부르며 훈련장(학과장)으로 나간다. 식사는 둘이 먹는 밥이 반합에 절반 정도이고 국물은 반합 안 뚜껑에 소금 국물이었다.

나는 도저히 먹을 수가 없어서 20일 동안 훈련소 밥을 못 먹고 가지고 간 돈으로 주보(P.X)에서 빵 등으로 식사 대용하였다. 그러나 차츰 돈이 떨어지니 밥을 먹지 않을 수가 없었다. 12월 중순이 되니 '내년 1월 1일부터 화폐 교환이 될 것(100원이 1환으로)'이라는 말이 있었다. 있는 돈은 내가 교환을 할 수 없을 것이기 때문에 부득이 매일 남은 돈을 주보(P.X)에서 소비하였고, 입대 동기인 용산의 김중립에게 빌려 주기도 하여 다 탕진하였다.

김중립은 소대의 취사담당이었다. 하도 배가 고파서 빌려준 돈 대신으로 밥을 좀 얻어먹는 것으로 정리가 된 셈이었는데, 뒤에 제대 후에 만나도 과거지사는 서로 잊어버리고 있었다.

## 아버지의 면회

그렇게 돈이 없어지고 보니, 적막강산이었다. 집에다 돈을
좀 보내 달라고 편지를 하였다. 인편으로 교환된 새 돈이 왔다.
어떻게 왔는지는 기억나지 않는다.

아버지가 순우의 사촌형인 최치우씨랑 같이 면회를 오셨다.
어찌 되었는지 기억이 없는데, 나와 순우는 아버지와 형을 따
라 외식을 하였다. 그때 아버지께서 가져온 비과와 조청에 미
숫가루 버무린 뭉치를 가져 오셨다. 당시 제주의 마을(모슬포)
로 처음 나가봤다.

어느 식당에 들어갔는데, 밥이 어찌나 맛있든지 목에 차도록
먹고 나니 거북해서 밖으로 나가 토하고 다시 들어와서 비과
와 조청에 미숫가루 버무린 것을 다시 먹었다.

밖에 화장실이 보이지 않았다. 주인에게 물으니 '저곳이 화장
실'이라 하였다. 그곳은 돼지 우리였다. 저녁이라 주위를 신경
쓸 일은 없고, 나무판자 위에서 변을 보니 밑에서 돼지가 꿀꿀
하면서 먹어 치우며, 나 돌아다녔다.

그때에는 '우리 부모가 이곳에 살았으면……,' 하는 마음이었
다. 저녁 늦게 아버지와 헤어져 우리는 다시 훈련소로 돌아왔
다. 아버지께 받은 돈으로 저녁때만 되면 주보에 가서 빵을 사

서 먹으며 배곯은 보충을 하였다.

## 밥과 빵

그때 반합에 절반 정도인 밥을 가져 오면 순우랑 둘이 앉아서 먹으로 반으로 나누어 먹었다. 나누는데, 숟가락 안쪽을 자기 앞으로 하면 자기 몫이 많아지곤 하므로 공평하게 나누기가 쉽지 않았다. 나는 주로 순우에게 나누라고 하였다.

각개전투장에 교육 받으러 갔는데, 그곳은 산을 호령에 따라 올라야 하는 곳이라 못 먹어서 힘이 드는데, 참으로 고달팠다. 간신히 올라가면 그곳에서 빵을 파는 군인이 있는데, 돈이 없어서 못 사먹는 사람은 다시 내려갔다가 올라와야 하고 돈이 있어서 빵 사먹은 사람은 그곳에 머물러 있어도 아무 말 하지 않았다. 빵 먹는 시간이야 2~3분 정도지만 훈련의 고충을 덜기 위하여 빵 한 개 가지고 거의 1~2시간을 보내었다. 나도 돈이 있어서 빵을 사먹고 2차 훈련을 면하였다.

## 잔류병 생활

신병교육을 마치고 1953년 4월 1일 전부 출동하였다. 그런데 최순우와 나는 다행히 잔류병으로 남게 되었다. 둘이는 그때부터 잔류병 생활을 했다. 밥은 마음대로 먹을 수 있었고, 너무나 생활이 자유스러웠다. 그런데 며칠이 지나고 나서 최순우와 나는 각기병에 걸렸다. 다리가 부어, 손가락으로 부은 곳을 누르면 부은 곳이 쑥 들어가곤 하였다. 그래서 매일 의무대에 가서 치료하였다.

순우와 나는 자유로운 생활을 하기 때문에 이리저리 다니다가 우연히 고향 망치의 제순규 형, 김두길 당숙, 김금식 형, 이정윤 형, 4명을 만났다. 반갑기도 하고, 어떻게 하나 생각을 하다가 우리 밥이나 한번 대접하자고 의논했다. 우리 중대가 아니고 이웃 중대이기 때문에 만나기가 다소 어려웠다. 어느 날, 밥을 많이 반합에 담아 놓고 저녁에 이웃 중대에서 모시고 와서 밥을 드리니, 너무나 맛있게 자시고 돌아갔다. 그후에 고향에서 모두 만났는데, 다른 형들은 말 한마디 없었는데, 이정윤 형이 나를 보고 '동생. 동생. 제주. 제주. 밥. 밥'하면서 인사를 해 주어서 고마웠다.

이정윤 형은 말의 표현력이 좀 부족한 분이었다. 아랫집의 형수님을 보고도 '제주. 동생. 밥'하면서 고맙다는 인사를 하더라고 들었다.


## 산방산

어느 일요일 잔류병을 데리고 함께 야외로 나갔다. 모슬포에서 가까운 산방산 밑에 갔는데, 내가 시간이 있어서 산방산 꼭대기에 올라갔다. 오를 때 상당히 가팔라서 이곳저곳을 잡으며 올라갔는데, 저쪽에서 제주의 여자들이 산에 와서 "이 강산 낙화유수 흐르는 물에"의 노래를 부르는데, 어찌나 고향생각이 나던지 글로 표현할 수 없을 정도로 고향생각이 간절하였다.

날씨가 쾌청하고 따뜻하여 옷을 벗어서 이를 잡고 난 후, 돌에다가 내 이름을 새겨 놓고 시간이 되어 내려오는 도중에 할머니가 나무하는 것을 보았다. 나이 많으신 분이 어찌 나무 하느냐고 묻고, 자식은 없느냐고 물었더니 '자식이 있다' 하시면서 '제주에는 장가가면, 한 집에 살아도 아래 위 따로 생활을 한다.' 하였다. 골짜기이면서 너무 가팔라 나무들을 아래로 던져서 모아 등에 지고 간다고 하였다.

## 세탁

일요일이면 중대원들이 야외로 옷 세탁하러 가는데 그곳에는 시내가 없고 곳곳에 웅덩이가 있었다. 그곳에는 먼저 온 훈련병들이 세탁을 하는 곳이라 물이 썩어서 도저히 세탁할 수 없는 물인데, 물이 없으니까 할 수 없이 그 물에 세탁을 해야 했다.

그런데 옷이 전부 무명옷이라 이가 참으로 많았다. 옷을 벗어 보면 옷을 깁은 재봉선 사이에는 이가 하도 많아 일일이 잡지 못하고 털어서 버리고, 쎄(이의 알)가 많은 곳은 뒤집어 나오게 하여 불 위에 노출시키면 '툭툭'하면서 죽었다.

너무나 고단하고 밥을 적게 먹곤 하니 잠이 많이 오며 옷에 이가 있는지도 모르고 잤으며, 만약 몸이 간지러우면 손을 넣어 옷 깁은 사이로 손을 넣어서 이를 훑어서 복도에 버리고 잠을 잤다. 입이 닿는 곳은 입으로 씹어서 죽이곤 하였다.

잠잘 때에는 신발과 모자는 품안에 품고 잔다. 밖에 내어 놓으면 훔쳐 달아나기 때문이다. 그리고 숟가락도 항상 호주머니에 넣고 다닌다.

## 출동 및 배치

잔류병생활을 무심히 하고 있는데 중대장 여득중 중위가 부르더니 '내가 다른 곳에 발령이 나서 가니, 너희들도 출동하라.'는 말씀을 하셨다. 그래서 순우와 나는 다른 중대가 출동하는 배에 붙여서 오르니 6월 14일이었다. L.S.T 큰 배를 타고 부산 동래의 명륜국민학교에 도착하였다. 동래에서는 내가 취사반장을 하여서 배는 고프지 않았다. 그곳에서 이틀 밤을 자고 난 후, 각 부대로 배치를 하는데, 그때 순우와 헤어졌다.

다음날 새벽 해뜨기 전에 트럭이 오더니 우리들을 싣고 춘천 제1보충대에 도착했다. 그때 비가 많이 와서 옷이 다 젖고 형편이 없었는데, 보충대의 천막 안에 들어가서야 옷을 벗어서 짜서 입었다.

하룻밤을 자고 새벽에 기상 명령에 따라 완전무장하여 트럭이 10대가 있는데, 한 차에 30명씩 타라고 하였다. 차를 타고 한참을 가서 어떤 곳에 내리라고 하더니 '대학 또는 고등학교 나온 사람?'하더니 몇이 내리고 그후 또 달리기 시작했다. 이제 포탄 터지는 소리가 '꽝꽝'하고 들리기 시작했다.

한 곳에 모두 하차시키더니 그곳에서 우리를 각각 배치하였다. 어떤 사람들은 소총소대로 가고, 나는 중화기 중대 5소대로 배치되었다. 어디인지도 모르고 오라는 대로 따라갔다. 데리고 가는 사람이 '몇 소대 몇 분대'라 하니 땅 속에서 군인 한 사람이 속속 튀어 나왔다. 그래서 배치된 곳이 8사단 21연대 3대대 12중대(중화기) 5소대에 배치가 되었다.

## 2. 전쟁터

### 기관포

내가 배치 받은 중화기소대는 제2선에 있었다. 내가 맡은 일은 사수, 부사수, 탄약수 중에서 내가 부사수였다. 공냉식 기관포도 있었는데, 내가 맡은 총기는 일 분에 250발 나가는 수냉식 기관포였다. 사수는 다리(삼각으로 무겁다), 부사수는 몸통이 책임이었다.

기관포를 쏘려고 하면 몸통에 물을 넣어서 사용하기 때문에 산 고지에 오를 때에는 냇가 등에서 물을 가득 넣어 어깨에 메고 갔다.

## 분대생활과 편지

배치되어 분대원(9명)들과 같은 참호에 모여서 고향 등등 이야기를 서로 나누면서 같이 있어 보니, 분대장(2등 중사)이 '너 편지 쓸 줄 아느냐?'고 물어왔다. '편지 좀 쓸 줄 안다,'라고 했더니 편지 써 달라고 부탁하였다. 그래서 하나 써 주었더니 '한번 읽어 봐 달라.'길래 읽어 주었더니, '너 어찌 내 속을 그리 잘 알고 썼나?' 하면서 칭찬을 아끼지 않았다. 그러고 나서는 밤에 보초도 안 서고 대우가 좋아졌다.

3일 만에 새벽 출동명령이 떨어졌다. 나는 부사수이기 때문에 물통에 물을 넣어 능선에 올라가서 소대장 위치 지시에 따라 'ㄱ'형으로 호를 파서 포를 설치한다.

제1선의 소총부대원들은 적과 직접적으로 전투하고, 수류탄 던지고 하는데, 우리는 2선이라 적의 활동하는 곳에 지시에 따라 사격을 한다. 목표물을 향하여 사격개시 명령에 따라 2점 점사, 3점 점사하면서 아군의 진격을 도와준다.

그때 전방 전쟁터에는 적기가 없었고 우리나라 비행기가 와서 적 진지에 기관포 사격을 능선을 따라 '캉캉' 소리 내어 사격하고 가다가 나중에는 적당한 곳에 포탄 몇 개를 투하하고 되돌아가곤 하였다. 낮에 일기가 좋으면 비행기가 날아와서 적을

격멸하는데, 비가 온다든가, 구름이 낀다든가 날씨가 좋지 않으면, '아이고 죽는구나'하는 생각에 잠겼다. 그때 적군은 중공군, 소련군이 대거 투입되어 화력이 너무 강하였다.


## 전투생활

산능선을 거리 확보하여 올라가는데, 난데없는 총탄에 맞아 쓰러지고, 파편에 맞아 다리 절단 등 생명은 하늘에 맡겨 두고 '될 대로 되어라.'는 마음으로 겁나는 것은 없고, 덮어놓고 소대장, 선임하사 지시대로 전쟁을 한다.

전투시에 병력배치는 제1선에는 소총병 중대, 1선에서 4-5백미터 후방 제2선에는 중화기 중대, 제3선에는 야포부대가 고개 넘어에 배치된다. 나는 다행히 중화기 중대라서 제2선에 배치되는 셈이다.

낮에는 소대장의 지시에 의하여 전방부대 지원 사격, 밤에는 이동 진지 구축하고, 불침번 서고, 잠 잘 여가가 없는 것이다. 그래서 이동 중에 앞에서 서면 졸고, 뒤에서 밀면 가는 것이 일상화되었다. 밥 굶는 것은 보통이요, 진격하면 다행이도 주먹밥 얻어먹고 후퇴하면 이거고 저거고 생각도 없이 굶어가면서 후퇴하는 것이다.

군 전시에 밤에는 이동하고 낮에는 적과 대전이라, 밤 이동 시에는 걸어가면서 잠을 자는데, 가다가 앞이 받히면 서서 졸고, 뒤에서 밀면 가고 하는 것이 전시 중에 다반사라.

나는 낮에 제2선에서 지원사격을 하고 식사공급은 노무자들이 찬 없는 주먹밥이고 사고(노무자 총탄 등)가 나면 밥 굶기는 보통이었다. 밝은 날이면 비행기가 와서 능선을 따라 기관포를 쏘고 가다가 마지막에는 포탄 몇 발 터뜨리고 날아가곤 했다.

그래서 날이 좋으면 살았다고 기지개 펴고 밤이면 보초 서고, 경계라. 중공군이 대거 참여하였기 때문에 밤이면 적군의 공격이 있을까 두려워하면서 밤이면 죽었다 하고, 낮이면 비행기 덕택으로 살았다고 숨을 쉬곤 하였다. 당시 이북의 비행기가 날지 않은 탓으로 내가 살아 돌아 왔다고 생각하고 있다.


## 금성지구

우리가 싸운 곳이 강원도 금성지구인 듯하다.

전쟁시에는 통신병이 역할을 많이 한다. 접전지에는 대공판 이라는 것이 있어서, 대공판이 산꼭대기로 올라가면 아군이 진격하는 것이고, 대공판이 꼭대기 밑에 있으면 후퇴하는 것이다. 포대에서는 대공판에 따라 사격을 하는데 O.B(전투지휘부)에 야포 관측 장교가 있어서 목측거리를 정하여 야포대대에 통신하면 그 명에 따라 포를 적진에 사격하는데, 관측장교가 측정을 잘못하여 아군 진지에 포탄이 떨어지면 우리 군인이 다 죽는다. '관측장교 죽여라', 우리끼리 욕을 하고 아우성을 쳤다.


## 낙오

전쟁터가 엉망이 되어서 내가 속해있던 분대 병사들이 흩어져 내가 부대를 잃어버리고 말았다. 밤중이라 산의 고지에서 방향도 모른 채 골짜기를 걷고 미끄러지고 하여서 평지에 도착하니, 미군이 관리하였던가? 막사가 텅 비어 있었다. '에라 모르겠다. 죽으면 죽고……' 하면서 어깨에 총을 메고 철모를 쓰고 그곳에서 잤다.

일어나니 새벽이라 어느 곳에선가 '딱쿵' 총소리만 들리더니 좀 조용하였다. 이제 남쪽을 찾아가야 한다는 생각이 들어 해가 부옇게 뜰 때, 해를 기준으로 남쪽 방향을 짐작하여 약 1킬

로쯤 남쪽으로 오니 부대원들이 모여서 재정비와 재편을 하고 있었다.

나도 그때서야 안도의 한숨을 쉬고 주먹밥을 먹고 10시쯤 되었을까 탱크를 타고 그곳 탄막지점을 통과하여 재공격 하여야 한다는 명령이 떨어졌다. 재편되면서 나는 탄약수로 편제되었다. 차례로 탱크를 타고 탄막지점을 통과해서 집결하여 고지로 올라가기 시작했다. 그때가 7월 20일, 비가 3일간 와서 군화에 물이 들어간 채로 3일간 있다가 해가 나서 군화를 벗으니 발바닥이 물에 불어 도저히 아파서 걸을 수가 없었다.


## 재공격

햇볕이 조금 나서 군화를 벗어 말리는데, 재공격 명령이 떨어졌다. 북한강 고무다리를 건너서 그곳이 금성이라는 말만 들었지 정확히는 어딘지 잘 모르겠는데, 산을 올라 고지의 8부 능선에다 기관포 진지를 정하여 '⌐'형으로 기관포 자리를 파는데 비렁이 있어서 파기가 힘들어 M1 총을 쏴서 비렁을 깨어 진지를 구축하고 있는데, 온천지에 포탄소리, 총소리가 진동하였다.

산에는 나무는 없이 말개지고 간혹 움푹 파인 비렁 밑에나 겨우 나무가 있었다. 포탄이 터지면 파편에 나뭇가지들이 날아가곤 하였다.

밤에는 야간 조명탄이 떠서 대낮 같이 밤을 밝혔고 일기가 좋으면 아군 비행기가 낮에 날아와서 사격과 폭격을 하였다. 우리는 2선에서 지원사격만 하는데, 내 기관포 진지 가까이에 포탄이 떨어져서 정신없이 엎드렸는데, 내 등을 퉁하고 치는 소리가 났다. 죽었나 싶어 정신차려보니 파편은 아니고 좀 큰 돌이 날아와서 내 등에 떨어진 것이었다.

## 후퇴

중공군과 소련군의 지원으로 적의 화력이 너무 세어서 안 되겠다며 후퇴하자는 소대장의 지시에 따라 후퇴해야 하는데, 바로 뒤는 비렁이라서 곤란하였다. 그래도 그 비렁을 미끄러져 뒹굴며 내려갔다.

다친 데는 하나도 없고, 엄지에 껍질이 벗겨졌고, 철모는 10미터쯤 아래 개울가로 굴러 갔다. 고무다리를 건너서 남쪽으로 가야하는데, 그곳을 건너지 못하고 산 밑을 따라 남쪽 끝자

락에 오니 군인들이 몇 모여 있었다. 후퇴하는 가운데서도 죽은 군인의 배낭 속 물건을 꺼내어 자기 호주머니에 넣는 사람들을 보았다.

고무다리에 부상자와 전사자가 있었는데 부상자는 '전우야 날 살려 달라.', '날 데리고 가자.'며 울부짖는 소리가 지금도 쩡쩡 귀에 들려온다.

그래서 우리 모인 군인들이 서로 어깨동무하여 같이 도하를 하는데, 거리가 지금 생각해보면 5-60미터 쯤 되는 상 싶다. 혼자 건너다가 떠내려가면 회생하기 힘든 물살이었다. 다행히 우리 전우 일행은 총 메고 어깨동무하고 손잡아 무사히 도하하여 오는데, 취사병들이 밥을 짓다가 후퇴한 곳이 있어서 내가 호주머니에다가 밥을 가득 넣고 후퇴하면서 먹곤 하였다.

한번은 아군병사 죽은 시체를 들것에다가 실어놓았는데, 고개가 들것 밖으로 나와 축 처졌는데, 입을 벌리고 눈을 둥그렇게 뜨고 내 쪽으로 쳐다보고 있는 것을 보고 겁이 덜컥 났다. '나도 죽으면 저리 될 것인가?' 한참을 오니 일부 병사들이 모여 있었다. 전쟁 때는 밥 먹기가 쉽지 않았다. 밥은 당시 일반 노무자들이 공급하였는데, 총탄이나 포탄에 맞으면 공급이 되지 않아 굶기 일쑤고 진격을 하면 주먹밥을 더 먹을 수 있으나 후퇴하면 먹을 것도 없고 고생하였다.

# 또다시 낙오

어느 날 재공격을 하느라고 고지에 올라갔는데, 전장이 워낙 격심하여 저녁도 먹지 못하고 산산이 흩어져서 나는 위치와 방향을 잃어서 두루 찾고 있는데, 그때 하늘에는 저녁별이 떠 있었다. 그렇게 헤매는데, 밤 11시 경에 위에서 사람이 내려오는 소리가 났다.

내가 큰소리로 누구냐고 외치니, "내가 3대대(우리부대) 작전관인데, 우리 8사단은 27사단에게 전선을 인계하고, 우리는 후방으로 간다."하면서 "내려가는 길이 어데있노?"라고 물었다. 내가 "이쪽입니다. 이리 오시오."하였더니 "너 부대를 잃었구나. 나를 따라오라. 너의 부대를 찾아주마".

그 넓은 천지에서 참으로 기적 같은 일이다. 내가 그때 우리 대대의 작전관을 만나지 못하였다면 어떻게 되었을까? 하는 생각이 들며 지금도 하늘과 조상님이 도왔다고 생각한다.

그때가 7월 24일경이다. 그렇게 따라오니 벌써 우리 소대원들은 다모여서 나를 반갑게 맞아주었다. 밤에 소대원 전원이 모여서 후방으로 내려오는데 어느 한곳에 정착(화천 뒤)하더니 잠을 자고 또 보초도 서고 밤을 지냈다. 그곳에서 아침, 점심, 저녁을 먹고 출동명령이 떨어졌다.

## 백암산

저녁때에 산으로 오르는데 손전등을 간혹 비쳐보니 사람시체도 보이고 탄피도 군데군데 가득가득 쌓여 있었다.

'이곳에 정지하고 밤을 새워라.'하는 소대장의 지시가 있었다. 보초서고 자고 밤을 새고 보니 인근에 시체가 많아 썩는 냄새가 코를 찔렀다. 골바람이 양쪽에서 불어왔다. 그 산이 백암산이라 들었다. 이 고지에서 저 고지로 가려면 골바람 부는 속을 숨을 쉬지 않고 꾹 참고 있다가 저 고지로 가서 숨을 쉬곤 하였다.

소대장의 지시에 따라 진지를 구축하는데 호를 '┌┐'형으로 파고 나무를 베어서 네 기둥을 세우고 그 위에 흙을 덮어서 그 속에서 자기 위하여 공사를 하고 있는 중에 소대본부 소식에 의하면 후방에서 휴전 반대한다는 정보가 들어왔다는 것이다.

이 소리를 들은 부대원들은 이구동성으로 '휴전반대가 무엇이냐?' '자식들 죽는 줄도 모르고 휴전 반대냐?'며 비분강개하였다. 아우성치며 '자식들 죽는 줄도 모르고 휴전반대라니? 우리를 후방에 보내주면 휴전반대하는 사람들은 총으로 쏴버리겠다.'고 울분하였다.

## 휴전

그때가 1953년 7월 26일이라 밤을 새고 나니 내일 12시에 전선에서 총소리 끝이고 현 위치에서 후방으로 2,000미터 물러난다는 소식이 소대 본부에서 왔다. 모두가 작업(참호파기)을 중지하고 내일 아침(7월 27일) 8시 반까지 모든 자기 소지품 다 챙겨서 집합하라고 하였다. 우리 모두들은 '와! 이제는 살았다.'하면서 '내일 죽나? 오늘 죽나?' 하는 우울한 마음이 사라지고 너나없이 좋아 하였다. 얼굴에 화색이 돌고 손뼉치며 야단법석이었다.

해는 밝아 7월 27일 모두 소대본부에 모여 2,000미터 후방으로 이동 중에 11사단과 교차하고 있었는데, '너 영은이 아니냐?' 하면서 내 이름을 불렀다. 찬찬히 보니 망치에 사는 설종기와 최태준 둘이었다. 반가우나 말만 서로 잠깐하고 서로 반대방향으로 가기 때문에 헤어졌다.

2,000미터 후방 고지에 다달았다. 그때부터서 능성 고지에서 참호를 파기 시작했다. 다른 사람은 잘 하는데, 나는 도저히 힘이 모자라서 따라할 수가 없었다. 당시 소대 공급계를 보는 하사가 한 분 있었는데 그분에게 '대대에 혹시 사무 볼 곳이 없겠느냐?'고 부탁을 해놓고, '나는 일은 못하겠으니, 취사

반에 가서 소대 밥을 져 나르겠다.'고 이야기 하였다. 그랬더니 밥 나르는 일로 결정되어 밥을 나르는데, 산 아래 냇가에 있는 취사장에 가서 소대의 밥을 받아 운반하는 것이었다. 아래로 내려가서 탄피통에 밥을 45뭉치 반찬도 없이 져서 나르는데, 하루에 3회하는 그것 역시 힘들었다. 그러나 땅 파는 것보다는 수월했다.

## 대대 4과

그러던 중에 소대 공급계 하사가 말하기를 '대대 4과에서 사람을 하나 구한다고 하더라. 내려가 봐라.'라고 했다. 나는 '아무 말도 없는데 어떻게 갈 수 있겠느냐? 오라는 말이 있어야 가지. 다시 말씀 좀 해달라.'라고 부탁하였다.

다행히 4과에서 연락이 와서 밥 타러 가는 중에 찾아갔더니 2등 중사 한 사람이 나를 부르더니 한문으로 주소와 가족 성명을 써 보라하였다. 그래서 한자로 써주고 나와 계속 밥을 지고 다니는데, 하루는 4과에서 연락이 소대장 앞으로 와서 소대장이 오라고 해 가니까 선임하사에게 이야기하고 내려가라 하였다.

말씀을 듣고 선임하사인 2등상사에게 말씀하였더니 '안 돼!' 하면서 군화발로 정강이를 차고 뺨을 한 대 때리며 못 가게 하였다. 군에서는 명령에 죽고 살고 하는 곳이라 가지 못하고 밥을 나르고 있는데, 4과 과장(중위)이 소대장에게 연락하여 내려 보내도록 연락이 온 것 같았다. 소대장이 오라기에 갔더니 선임하사에게 이야기 했으니, 가서 말하고 내려가라 하였다. 선임하사는 그제서야 '너 에망(M1) 소총 들고 내려가라.'고 승낙하였다. (중화기 중대는 전부 칼빈소총이며 M1소총은 없는 곳임)

그때서야 하산하여 4과에 갔는데, 사무일은 시키지 않고 밥 타오는 것이 일이었다. 더욱이 취사장은 4과와 연관이 있기 때문에 4과에서 왔다고 하면, 특히 친절하게 잘 대해 주었다.

나중에 안 일이라 취사반장이 진주사람이어서 같은 경상도인 나의 부탁은 잘 들어 주었다. 나의 일과는 밥만 나르다 보니 너무나 수월하고 밥만 잘 먹고 편안하였다.


## 병기부

약 한달쯤 지났을까 4과 과장님이 부르더니 '너 병기부로 가라.'라는 명을 하였다. 시키는 대로 병기부로 가니 병기관(중위), 선임하사(2등상사), 탄약병 5~6명이 있었다. 인사하고 나니, 총포 현황을 보라고 하였다. 21연대 3대대의 병기부라 대대병기를 총괄하는 사무였다.

그 일이라는 것은 별것이 아니었다. 병기관 육군 중위가 있었는데, 영어를 하나도 모르는 분이라 대대의 참모회의에 갈 때 병기현황을 영어는 한글로 토를 달아 주었으며, 선임하사는 2등상사인데 학도병 출신으로 경기도 화성군 서신면 매화리 김진호씨였다. 다른 탄약병들은 무학자라 대원들이 편지 하나 써달라고 하면 두서없이 써 주면 읽어 봐 달라고 한다.

내가 생각나는 대로 적은 것이라도 읽어 주면 '어찌 그리 내 속을 알고 썼나?' 하면서 감사하다고 칭찬하여 주었다. 나는 일등병인데도 하사(갈매기 두개)가 취사반에 가서 밥도 타오고 아주 편하게 잘 지내고 있었다.

어느 날 11사단 설종기 1등 중사(후방 내려 올 때 만난 친구)께서 전화가 왔는데, '왜 집에 편지 아니 하노? 망치 큰 백씨가 연락이 왔다.'는 것이었다. 군에서 후방 내려 올 때 나를 만났다는 것을 고향에 편지한 모양이었다. 그때에야 정신이 나서 고향 백씨에게 편지하였는가 싶다.

선임하사께서 자기 여동생 김진선이가 있는데, 나를 자기 매제 삼겠다고 항상 입버릇처럼 이야기 하곤 했다. 자기 집은 화성에서 염전을 하는데, 나는 손목시계 금시계 아니면 안 찬다면서 이야기도 잘 하였다. 좀 배운 사람이라 의사소통도 잘 되어 근무에는 너무 즐거운 분이었다.


## 첫휴가


1953년 12월 경에 첫 휴가를 나오게 되었다. 그때 집에 오니 온 가족이 너무나 반가워 할 뿐만 아니라 온 동네 분들이 반갑게 맞이해 주었다. 집에 들어오니 사립에 대나무 작대기가 놓여 있었다. 집에 아이를 낳았구나 생각하며 들어서니 형수님께서 강호를 낳았던 것이다.

다음날 전에 근무하던 구조라국민학교에 내려갔더니만, 같이 있던 이송재교장님, 이봉래교감, 김병호선생, 신봉윤선생, 김백훈선생, 신정동선생(연사, 교장 정년. 내가 군대 가기 전까지 우리집에서 같이 밥 먹고 구조라학교 근무), 옥정제선생(와현 집안의 외손으로 나를 보고 오빠라 불렀음) 들이 술과 음식으로 대접해 주었다.

## 맞선

하루를 자고 다음날 선생님들과 같이 집으로 오니, 어머니께서 '동부 산양에 처녀를 보고 왔으니 내일 가보라.'라고 하셨다. 그래도 나는 멍하니 있는데, 선생님들께서 '나도 간다. 너도 가자.' 이구동성으로 같이 가자며 야단을 떨며 나를 충동질하였다. 모두의 열의에 따라 승낙하고 다음날 백씨와 선생님 몇 분하고 동부면 산양 윤씨댁으로 갔다.

점심때가 되어 점심을 먹고 나서 처녀를 별도로 만나라고 하여 옆방으로 가니 처남(나이는 나보다 작으나 처녀의 오빠) 되실 분과 사촌 처남(현재 고현 거주) 되실 분과 처녀와 같이 앉았다. 처녀가 술을 한 잔 주는데, 덥석 받아먹고는 나는 대접할 게 없어서 앞에 있던 사탕 한 개를 집어 주었는데, 무슨 말을 하였는지는 기억에 없다.

마치고 오는데 같이 간 선생님들께서는 '참 예쁘다'고 칭찬이 자자하였다. 그래도 나는 멍하여 별 생각 없이 집에 있다가 귀대일이 되어 부대로 복귀하였다.

# 귀대

겨울이 되어 드럼통을 반으로 잘라 난로를 만들어서 참호 속에서 오순도순 지내는데, 겨울에 눈이 오면 대대본부에서 눈 치우러 오라고 통지가 오면 나는 안 가고 다른 탄약병들을 보내고 나는 편히 지내는 편이고, 항상 군대생활도 자유로웠다.

저녁이 되면 먹을 것이 생각나 입이 궁금해지면, 취사반장 배하사님께 연락을 한다. '반장님, 오늘 저녁 입이 궁금한데, 먹을 것 좀 주세요.'하면 '사람 보내라'는 말씀을 한다. 탄약병을 보내면 쌀과 반찬, 된장 등을 주시는데, 가져와서 반합에다 밥을 하는데 밥과 된장국을 드럼통 난로 위에 놓고 밥을 하면 밥이 넘치지 않고 밥이 되어 야식을 자주 먹으면서 군대생활을 하였다.

1954년 1월 말경에 결혼을 한다고 날짜를 받은 편지가 부대로 왔다. 날자는 3월 8일(음 2월 6일)이라고 적혀 있었다. 이것을 본 선임하사는 '이제 내 제매 틀렸네.'하면서 웃어넘겼다.

## 3. 결혼과 제대

### 결혼휴가

3월에 결혼휴가 20일을 받아 집에 오니 실제 결혼일은 3월 10일(음 2.6)이었다. 그때는 군인들의 휴가가 잘 되지 않아 결혼날을 받아도 휴가를 받지 못하여 결혼을 못하는 처녀들 가정이 많았다.

처녀 집에 연락을 해야 하는데, 집에서 심부름 연락이 불편하였다. 그러면 제가 직접 연락하겠다고 하여 동부 산양 처녀 집으로 걸어갔다.

가니, 옷도 남루하고 얼굴이 검은 사람이 나오면서 '너 왔나?' 하였다. 나는 그 집 머슴인 줄 알고 인사도 정중히 하지 않고 '예'하고 대답하고 대청 앞에 들어가니 신체가 큰 할머니가 마루에 나오더니 '총각왔다. 떡 쌀 담가라.', '금낭이 어데 갔노?' 하시면서 반갑게 맞아 주셨다. 나중에 안 일인데, 허름한 옷 입은 분이 장인이었다. 우리 집에서는 그러고 다니지 않았기 때문에 착각한 것이었다.

소식을 전하고 집으로 왔다. 가만히 혼자 생각을 하니 칫솔,

치약 하나 없이 장가를 가려고 하니 마음이 답답하여 방에서 울고 있었다. 그때 큰 형수씨께서 들어오시며 '아주버님 왜 우십니까?' 하시기에 자초지종 말씀하였더니 당장 장에 가셔서 칫솔, 치약을 사다 주셨다.


## 결혼


결혼일에 가마도 타고 걷기도 하면서 산양의 처녀집으로 갔다. 결혼식을 마치고 집으로 돌아와야 하는데, 그때 군청 양정 계장인 처고숙(반찬홍)께서 대한통운 트럭으로 우리를 망치로 데려다 주기로 되어 있었는데, 차가 오지 않아 내가 그냥 망치로 걸어간다고 걸으니, 처삼촌(윤경용)께서 만류를 시키시는데도 걸어간다고 하니, '이 사람 고집 세네.'하시면서 만류시켰다. 그래서 조금 있으니 대한통운 차가 나락을 반이나 싣고 왔다. 신랑 신부는 앞자리에 타고 가마꾼이나 짐꾼, 동행인들은 위에 타고 구조라 공동묘지 밑길에서 하차하여 집으로 왔다.

저녁이 되었는데, 신부가 여기 우물이 어디 있는지를 물었다. 새벽에 물 길러 간다고 하였다. 새벽에 갈 때 나를 깨우면 알려 준다고 하고 잠을 잤다. 자고 일어나니 비가 많이 왔다.

물 길러 안 갔다고 하였다. 새벽에 남모르게 물을 길어 놓으면 좋다는 말을 친정어머니가 하시더라고 하였다.

3일 만에 처가에 첫걸음을 갔더니 장인께서 하시는 말씀이 '여기 어찌 왔느냐'고 묻기에 무슨 마상풍월馬上風月인가 생각이 나지 않고 대관절 무슨 뜻으로 묻는지 알 수 없었다.

옛날에는 젊은이들이 모여서 신랑을 단다고 묶곤 하였는데, 장인 되시는 분이 그렇게 물으니 좀 어리둥절하였다.


## 삶은 달걀

군대에서 휴가 한번 오려면 휴가비(여비)를 빌리고, 부대에서 서울역까지 무료로 대대에서 실어주어서 고향으로 향한다. 차비 아끼려고 살며시 검표원을 속이고 들어가서(그때에는 군인용 열차가 없었음) 부산행 열차를 일단 탄다. 검표원들이 군인들은 좀 봐주는 편이었다.

검표원이 저만치 올 때 되면, 변소칸에 가서 숨어 있다가 검표원이 지나가면 나와서 타고 오는데, 또 부산역 출구문제로 오다가 부전역에 도착하여 막 기차가 출발하려고 하면, 그때 뛰어내려 기차표 주지 않고 귀가한 일 있었다. 군대에서 휴가

올 때는 쩔쩔매다가 귀대할 때는 차비가 있어 의기양양하게 차표, 배표 사서 귀대한다.

귀대할 때 같은 기차 안에서 한 군인이 삶은 달걀을 사서 먹는 것을 옆에서 보았다.

그때 달걀 파는 사람이 달걀과 소금을 종이에 싸서 같이 주는데, 그 군인이 달걀 몇 개를 그냥 다 먹었다. 다 먹고 나서 그 뒤에 종이에 싼 소금을 풀어 혀에 대는 듯하더니, 제법 많은 소금을 그냥 입에 털어 넣었다가 나중에 돌아서서 뱉어내는 그 모습이 하도 우스워서 세월이 흐른 지금에도 계란을 보기만 하면 기차의 그 군인 계란 먹던 모습이 생각나곤 한다.

## 친구들

귀대일이 되어 부대로 복귀하였다. 그때 대대에서 상승국민학교를 건립하여 선생을 차출하였는데, 내가 거기에 대상이 되어 가야한다기에 가기로 하였는데, 내가 맡은 병기현황 상황을 맡을 사람이 없어서 못 가고 연대에서 오라고 하는데도 못가고 계속해서 병기부 사무를 보았다.

하루는 보급품(개인 물품) 조사를 왔는데, 보니 망치에 있던 김문도(고향 친구)가 상사 계급장을 달고 검열차 왔다. 그곳에서 만나 가지고 내 잠바 하나가 모자라는 데도 검사는 무사히 마치고 헤어졌다.

후에 11사단에 있는 최태준 친구가 나와 같이 사단에 있는 김문도에게 놀러갔다. 그날 저녁 비상이 걸려서 문도는 완전무장하여 나가고 나와 태준이는 내무반에 있으니 주번사관이 와서 '너희들은 뭐냐?'고 묻기에 '김문도에게 왔다.'고 말하니 두말 하지 않고 돌아갔다. 문도가 돌아와서 아침을 셋이서 같이 군대밥을 먹고 헤어졌다.


## 제대 작업


백씨에게서 편지가 왔는데 나와 절친한 수산학교 동기, 김상식 2등상사가 육군본부(대구에 있었음)에 있는데, 너의 주소를 알려 달라고 최순우를 통하여 연락이 왔다고 하였다. 그러면서 휴가 나오는 길에 한번 만나 보라고 하셨다.

그리고 오래지 않아 8월에 백씨께서 부모님이 위독하다는 관보(관공서에서 보내온 전보)를 보내왔다. 이로써 15일의 휴가를 받아 내려오는 길에 대구의 육본에 들러 친구인 김상식을 찾아 갔다. 친구가 반갑게 맞이해 주었다. 둘이서 최순우랑 같이 만난 이야기 등 많은 추억들을 이야기 하였다.

그러면서 김상식은 나에게 '너 육군본부에 올래? 아니면 제대 할래?'하고 물었다. 나는 '제대 해야지 육본은 싫다.'고 했다. 그가 제대 관련 이런 저런 서류들을 주었다. 그러면서 집에 가서 작성해 오라고 하였다.

서류를 들고 백씨께 드렸더니 면장님과 서장님의 확인서를 첨부하고 서류를 작성하여 귀대하는 길에 육군본부에 들러 관계서류를 상식에게 주고 귀대하였다.


## 제대 특명


그후 휴가를 1954년 10월 말경에 받아 집에 왔다가 11월 10일경 귀대 중에 육본에 가서 친구를 만나니, 11월 5일자로 제대 특명(11월 20일 제대)이 나서 관보에 게재하여 일선부대로 발송되었다고 보여주어서 보고 귀대를 하였다.

귀대하여 제대가 10여일 남았는데, 십일의 기간이 여삼추였다. 소식을 육군본부에서 듣고 부대에 왔는데, 19일 오후까지 아무 연락이 없어 허탈해지기 시작하고, 잘못된 것이 아닌가? 연락이 잘못 되었나? 궁금에 쌓인 가운데 6시경에 대대본부 인사계에서 전화가 왔다. '영은이 있느냐?', '있다.'고 하니 '군번 가져 오라'고 하였다.

그때서야 제대 명령이 났다고 생각하고 군번을 반납하고 나서 선임하사 김진호 2등중사와 부원 일동은 민간인이 만든 동동주를 반합에 받아와서 못 마시는 술을 마시고 울고 웃고 하면서 밤을 새고 아침 8시 경에 대대본부에 가보니 몇 명이 모여 있었다.

제대군복을 입고 대대에서 군용트럭을 타고 나는 서울역까지 와서 내렸다. 마음이 얼떨떨하여 기쁘기도 하고 즐거움에 싸여 경부선 열차를 타고 부산역에 도착, 남포동에서 배를 타고 장승포에 내려 집으로 오니 온 가족 형제님들이 너무 반가워하였다.

다시 짚어보면, 1953년 12월부터 1954년 11월 제대하기까지 근 1년 기간에 어찌되었던 휴가가 5번이다. 어머니와 형제님, 특히 백씨께서 이 막내를 얼마나 애지중지하셨다는 것을 충분히 알 수 있으리라.

1952년 11월 18일 입대

1953년 6월경 8사단 21연대 3대대 12중대 4소대(화기소대)

7월 27일 백암산에서 휴전, 2,000미터 후방으로 이동

9월경 21연대 3대대 4과에 배속

10월 말 3대대 4과에서 병기부로 전속

12월 첫 정식휴가

1954년 3월 10일 결혼휴가 20일

8월 부모위독 전보로 15일간 휴가

10월말 휴가

11월 20일  의가사 제대

# 제5장
# 직장생활과 나의 가정

# 제5장
# 직장생활과 나의 가정

## 1. 구조라국민학교

### 강사생활 시작

1950년 6월 25일 북한의 남침으로 전쟁이 일어났다. 그때 나는 수산학교 4학년이었는데, 4학년 졸업으로 학교생활이 마감되었다. 전쟁이 나서 집으로 돌아 왔다. 나는 군대에 잡혀가지 않으려고 삼거리의 심원사(당시 상좌 스님이 김명호)에 두 달 정도 자취하였다. 그곳 산 모퉁이에 가서 저 북쪽을 보면 멀리 진동방면에는 빨갱이들이 민가집에 불을 질러 연기가 중천으로 가득하고, 밤에는 불이 벌겋게 보이곤 했다. 낮에는 산 속에 숨고 밤에만 절에 들어와서 밥을 먹곤 하였다.

그때 백씨께서 구조라국민학교 이송재교장(나의 6년 담임)께 부탁을 하여 강사로 있도록 조치해 주셨다. 이것이 나의 사회생활 및 직장생활의 시작이었다. 어쨌든 학교선생으로 있으므로 군에서 잡으러 오지 않고 아무 걱정없이 학교생활을 하였다.

학교에서 2학년 담임을 맡았는데, 천지도 모르고 내 마음대로 가르친다고 가르쳤다. 한번은 4학년 담임 김복훈(옥산에 계셨음) 선생님이 학교에 오시지 않아 내가 대리로 맡았는데, 아이들이 내 생각보다는 많이 부족해 보였다. 나름대로 가르쳤는데, 김선생님이 오셔서 나는 다시 2학년 담임을 하였다.

당시에는 너무나 가난하여 봄에 밥 못 먹고 오는 학생들이 다수 있었다. 내가 점심을 싸 가지고 가면, 공부 좀 하는 망치 애들을 불러 내 도시락을 반반씩 나누어 먹기도 하였다.


### 선생님들과 피난민

당시 직원은 이봉래교감, 신봉윤(일운초교 1회), 김영환(피난민), 김병호(통영), 신정동, 김복훈(옥산), 옥정제(구조라 양

조장 옥영록 동생), 정송남(피난민 담임)등 10여명이 있었는데, 신정동선생님은 구조라에 하숙할 데가 없어서 망치 우리집에 같이 지냈다. 정송남 선생님은 우리집 건너 윤성원 집에 살면서 같이 학교를 출퇴근 하였다.

그때 백씨께서는 동네 구장을 하셨고, 피난민을 면에서 배정받아 큰부락, 불당(망양마을), 양지마을에 분산하였다. 우리 양지마을에도 우리집, 윤성원 집, 뒷집(진호 본집), 큰집(도야네) 등에 약 20여 명이 들어 왔다.

한번은 학교에서 학력평가 시험이 있었는데, 그때 우리반이 전체 3등을 하였다. 학교 강사생활을 하면서 우리 동네에 피난 들어온 정형진군을 뒷집 감나무 밑에서 천자문을 땅바닥에 글을 써 가르쳐 줘보니 너무 영리하였다. 천자문 책을 주었더니 약 한 달도 되기 전에 탐독하여 거의 글자를 다 알았다.

그 정형진은 구조라국민학교에 조금 다녔다. 정군은 자기 누나(나보다 2살 아래)와 단 둘이 피난을 왔는데, 둘이서 우는 것도 많이 보았다. 울 때마다 내가 위로의 말을 많이 건넸다. 그러다가 남매는 부산으로 옮겨 갔다.

## 위문공연

당시 뒷집 월봉이 형님집은 참으로 딱하였다. 구조라학교 다니는 영균(나의 8촌 동생)이 있었는데, 밥을 못 먹어서 학교도 못가는 것을 내가 집으로 데리고 와서 간혹 밥을 먹여서 학교에 같이 가곤 했다. 그 동생은 그럭저럭 그렇게 초등학교를 졸업했다.

학교에서 위문공연을 갈 것이라고 학예회를 만들어 연습을 하는데 그때 이북에서 온 학생들이 소질도 있고, 노래도 잘하고, 무용도 잘 하였다. 나는 아이들에게 '돌부처의 효력'이라는 제목으로 지도하였다. 다른 선생님은 '혹부리 지게꾼'의 이야기를 가르쳐서 고현에 있는 33헌병 포로경비대대에 위문공연을 갔다. 그때 처음으로 장교식당에서 식사를 해봤으며, 선물로 미국에서 온 레이션 박스를 받았다. 그 속에는 먹는 과자들이 상당히 많았다.

1952년 11월 20일에 군대에 입대하라는 통지가 나와서 군에 입대하였다. 그렇게 강사생활 2년을 하고 군대에 갔다.

## 제대 후 다시 강사로

1954년 11월 20일에 제대하여 집에 있으니, 다음해 1월경에 최순우 처가 구조라국민학교 2학년 담임이었는데, 산달이 다 되어서 2월말 학기 장부정리를 작성하여 놓았으니, 그가 맡은 반 아이들 수료만 시켜 달라고 하였다. 학교장은 그대로 이 송재선생님이라, 교장의 승인 아래 다시 강사로 있게 되었다.

망치 아이들이 많았기 때문에 망치에 비로소 망월 국민학교가 설립이 되어 구조라에 다니던 학생들이 망치의 국민학교에 다니게 되었다. 그때 학교 건축이 준공이 안 된 때라 백씨께서 구장 하실 때에 지은 기와집 동사(동네회관)에서 1학년, 2학년 복식 수업을 하였는데, 선생님들이 오지 않아서 내가 혼자 수업을 임시로 맡아 하였다.

3월에 개학이 되자 김선용교장, 김의진선생, 이근석(피난민) 선생이 왔다. 이선생은 잘 데가 없어서 우리집 내방에 같이 자는데, 그 다음날 내 책상위에 푸른색 병은 그대로 있는데, 붉은색 잉크병이 비어 있었다. 나중에 보니 이선생의 입에 붉은 잉크가 묻어 있었다. 밤에 갈증이 나서 물인 줄 알고 마셔버렸던 것이다. 그 뒤에 이선생을 만나면, '우리집 붉은 잉크'하면서 웃곤 하였다.

## 2. 교육구청 교육세 징수원

### 징수원으로 시작

백씨께서 교육구청에 서무과장으로 계시는 강문경(구조라)씨께 나의 직장을 부탁하였는데, 때마침 교육세 징수원을 두던 때라 그곳에 근무하였는데, 인원이 5명이었다. 그때 신용균교육장님이었으며, 고동순(통영, 통수선배), 윤주철(사등), 정연업(연초), 신용태(하청, 이종사촌), 그리고 나였다.

면에서 호별세를 부과하면 그 자료를 받아 우리는 세율에 따라 교육세를 산정하여 자료를 부과하여, 고지서를 발부하고, 그 교육세를 우리가 거둬들이는 일을 하였다.

그 교육세는 제법 사는 집에 부과되었으므로 생활이 중류 이상의 집들이 대상이었다. 그때 망치부락에는 교육세 부과 대상자가 없었고, 구조라의 권현망 하시던 김두이씨, 박두지씨, 박두찬씨, 지세포의 박명길씨, 주낭구씨, 주남구씨, 주평구씨 3형제 등의 부잣집, 그리고 아주 진정율, 진경삼, 진명식 3형제, 공령에 권현망 이연주씨 등이었고, 교육구청은 장승포에 있었다.

## 징수원 업무 애환

거제군 내에서 장승포읍, 일운면, 동부면, 거제면, 둔덕면, 사등면, 일운고현출장소, 연초면, 하청면, 장목면을 5인이 담당하여 교육세 징수를 하였는데, 차차 행정제도가 바뀌어 나중에는 읍, 면에서 교육세를 직접 부과하는 제도로 바뀌었다.

교육세를 받을 당시에는 버스가 거의 다니지 않아 간혹 트럭을 얻어 타는 수도 있지만, 주로 걸어서 많이 다녔다. 따라서 거제도 내의 모든 길, 산길 등등 안 다녀 본 길이 없을 정도였다.

한번은 동부면 대포리에 교육세를 받으러 갔는데, 집에 사람이 아무도 없어 두리번거리고 있었는데, 그 옆집에 사는 분이 나와서 '어떻게 왔느냐'고 물었다. 나의 소임을 말하였더니 그분이 고맙게도 '내가 대신 드리겠다.'면서 세금을 주었다. 참으로 고마운 일로 지금도 그 장면이 생생히 떠오른다.


교육세 징수차 면으로 나가면 지역에서 주로 자곤 하는데, 하청면을 가면 칠천도 연구리 할머니집, 하숙도 하고 술도 팔곤 하였다. 장목면 가면 관포 배두리 할머니댁에서 자고, 동부면 갈곶 가면 이장집에서 자고, 다대 가면 김유실 영감님댁

에 자고, 저구 가면 양어진씨 댁에서 자고, 가배 가면 김씨 영
감님 댁에 자고, 한번은 동부 처갓집에 직원 넷을 데리고 가서
밥 먹고 잔 적이 있었다. 그후로 동부에서는 송은만(와현집안
의 자형집)과 유부수댁에서 자고, 둔덕 가면 숭덕 길가 할머니
댁에서 먹고 자고 하였다.

한번은 김용진씨가 해금강초등학교 선생하실 때에 선생(처
삼촌의 처남)댁에서 밥을 대접 받고 자고 온 일이 있었으며, 사
등면에 출장 갔을 때 윤형택 선생이 오량국민학교에 근무할 때
찾아가서 술대접을 잘 받고 온 일이 있었으며, 또 윤형택 선생
이 칠천초등학교 있을 때에 칠천도에 세금 받으러 가서 푸짐한
술과 저녁식사, 그리고 숙박까지 대접받았던 것이다.


## 특별휴가

교육세 징수원들의 수고가 많았다고 특별휴가가 떨어졌다.
그래서 6명이 함께 여행가기로 결정을 하고 경주로 갔다. 다른
사람도 대부분 그러하였지만, 나도 그때 처음으로 경주에 가
보았다. 불국사, 석굴암, 첨성대 등을 둘러보았다.

참가자는 계장 제정엽(주사), 고동순(통영, 통수 선배), 윤주

철(사등, 지석 장자골), 신용태(내 이종사촌, 하청, -지금은 주지가 되고 전국 조계종 회장), 정연업(연초 송정), 그리고 나였다.


## 교육의원과 징수제 폐지

한번은 교육장이 나를 부르더니 '너 형님 데리고 오라.'고 하셨다. '언제 가서 데리고 와야 합니까?'하고 물으니, '너 알아서 하라.'고 하셨다. 그때 백씨께서 면의원 하실 때이며, 당시에는 교육장을 면교육의원들이 투표로 선출하기로 되어 있던 때였다.

아마 일운면의 교육의원이 자신을 지지하지 않아서 그런 것으로 보였다. 그때 일운면 교육의원 출마가 박명길씨 삼촌이신 박태진씨 하고 소동의 이현재씨가 출마하신 때이며, 교육의원 선출을 위하여 포섭도 하고 다른 곳에 모여서 작당도 하던 때였다.

그 소리를 듣고 즉시 망치에 가서 백씨와 삼거리의 옥천만(어머니 사촌동생)씨를 모시고 고현의 교육장 관사에 모셔드리고 나는 사무실에 가지 않고 사택의 사립에 형님 나오실 때까지 서서 기다리고 있었다. 당시에는 내가 참으로 불쾌하여 그냥 팽개치고 교육구청을 그만 두고 싶다고 백씨에게 이야기 하였으나, 백씨께서는 '나가라고 할 때까지 있으라.'고 당부하였다.

그러나 나는 나가고 싶었는데, 당시 내가 보던 사무를 당장 맡을 사람이 없고, 형님이 하신 말씀도 떠올라서 꾹 참고 근무하였다. 그 뒤, 교육의원에 소동의 이현제씨가 당선되어 교육장과 동조가 원활하여 근무에 큰 애로 없이 잘 지냈다.

앞서 말한 대로 교육세가 읍, 면에서 직접 부과하는 제도로 바뀌어서 이종사촌인 용태 등 다른 사람들은 자진 물러났는데, 나는 내무 사무 보는 일이 있어서 맡을 사람이 없어서 계속 임시직으로 있었던 것이 전체 합산하여 약 10여 년을 교육구청에서 임시직으로 일하였다. 그때에는 교육구청에 직원 채용시험도 없고, 인원충원도 없었다.

# 3. 총무처 시험과 고현중학교

## 시험 합격

1966년도에 전국 교육구청에 근무하는 임시직원에 대한 특별 채용시험이 총무처 주관으로 있게 되었다.

경남도내에서 55명이 서울로 시험 치러 올라갔는데, 도 교육청 인사계장께서 '이번 총무처 시험에서 떨어진 사람은 경남에 내려오지 마라.'라며 엄포 겸 격려하였다.

시험문제를 받고 보니, 모르는 것이 많았다. 내 나름대로 시험보고 귀가하였다. 8월에 시험을 쳤는데, 합격발표에 대하여는 당시 관리과장님이 주사영(원래 진해분임)씨였는데, 과장님이 자리에서 관보를 보시다가 '아~ 아 영은이 합격 되었네!' 하면서 전 직원이 축하해 주었다. 그리고 도 교육청의 아는 이들로부터도 축전과 축하전화가 오고 야단이었다. 나중에 합격 인원을 알아보니 55명중 18명이 합격하였다고 했다.

1966년 11월 1일에 조건부 재경서기보로 거제교육청에 정식 직원으로 발령을 받았다. 종전에 보던 사무(경리보조, 차석)를 계속하여 열심히 근무하니 '조건부'가 떨어지고 '재경서기보'가 되었다.


## 발병과 고현중학교

1967년 7월경에 책상에서 일을 하는데, 사무실 문틈으로 불어오는 바람에 몸에 소름이 돋더니 몸이 싸늘해져서 직원의 도움으로 고현보건소에 가서 주사를 맞고 나니 1시간쯤 뒤에 정신이 돌아왔다. 집에 가서 좀 쉬다가 출근을 하였다.

그 뒤 한 달가량 지난 뒤 아침에 기침을 하니 가래에 피가 묻어 나왔다. 별로 대수롭지 않게 생각하고 근무를 하였는데, 계속해서 피가 섞여 나오기 시작했다. 그러자 차차 겁이 나기 시작하였다.

그해 1967년 11월 1일에 고현중학교로 전근발령이 났다. 그동안 교육구청에서만 근무하다가 학교로는 처음 발령이라 마음의 긴장이 있었다. 교장, 교감선생님과 직원들을 만난다니 긴장되고 설레기도 하였다.

학교에 부임하니, 김형태 교장 선생님이셨는데, 나중에 알고 보니 독립투사(유공자) 자제분이시라 상당히 깐깐하신 분이었다. 교감 이섭선생님, 우리집에서 하숙하신 김수영수학선생

(고향 남해), 이정석사회선생(고향 고성)이 아는 분이고, 또 서문의 유지이신 유상언씨 자제 유중근은 영어선생이고, 나머지 19여 명은 모르는 선생들이었다. 나는 마음이 긴장되었으나 모두 반갑게 맞아 주셨다.

당시 서무실에는 문상도주사와 여직원이 있었다.


## 수술과 투병

나는 아픔을 참아가면서 계속 근무를 하였다. 그러나 가래에서 피는 계속 나오고 하였으나, 행여나 하는 마음에 입원을 하지 않고 약으로 치유될 수 있는지 계속 알아보았다. 따라서 집에 양약, 한약들이 가득 쌓이고 마음은 초조하여만 갔다.

아무래도 차도가 없이 점점 심해지니 어쩔 수 없었다. 교장선생님께 말씀드리고 병가를 내어 통영 적십자 병원에 입원을 하였다. 내과 과장께서 엑스레이 사진을 촬영하여 보시더니 오른쪽 폐 하엽에 흰돈짝 만한 것이 있으니, 이로 인한 병이라 하였다.

문상도 주사는 고현에 사시고, 나보다 한 살 적으신 분이시다. 사무를 잘 보시는 분이라 나는 펜을 들고 할 일이 거의 없었다. 따라서 내가 통영적십자 병원 이후에 부산대학병원, 그리고 그 이후 투병, 회복까지 나 대신에 사무실 일을 잘 처리하여 내가 학교를 그만 두지 않고 투병할 수 있었다. 따라서 선생님들에게는 죄송하였지만, 사무실 일은 걱정하지 않아도 됐었다.

그때 나의 몸과 마음이 정말 허약하였으므로 문상도 주사가 사무실 일을 완벽하게 처리하고 나의 뒷일까지 챙겨주지 않으셨다면, 나는 아마도 당시에 교육공무원을 그만 둘 수밖에 없었을 것이다. 그 점 참으로 감사하게 여기며 아직도 마음에 새기고 있다.


## 거제상고 인가

내가 고현중학교 부임했을 때, 고현에서는 고등학교를 설립하려고 추진위원회를 구성하여 추진중이었다. 추진위원장에는 지역 유지인 주관옥씨였으며, 추진위원은 김경옥, 유상원, 임수근, 이원석씨(부산일보 고현보급소장. 월남인) 등 다수였다.

그때에는 학교부지 위에 교실이 지어져야 학교설립 인, 허가를 주는 시대라 내가 중학교 가기 전에 이미 추진의원들이 협찬금을 모금한다고 들었는데, 가서 보니 실제 내용은 거의 없었다.

내가 다시 시작하여 이원석소장을 대동하여 지방유지께 협조를 받고 윤영손(피난민)씨가 지금은 포로수용소자리로 편입된 옛 거제기계공고 자리에다 교실공사를 하는데, 자금이 없어 중지를 하고, 또 하다가 협찬금 받으러 다니는 손종부씨가 쌀자루를 메고 집집이 다니면서 협찬을 받곤 하여 참으로 노고가 대단하였다.

학교설립인가신청을 1968년 6월 말일까지 하여야 하는데, 학교 2개 교실을 짓다가 중단되어 있지, 내가 2월 1일에 수술을 하여 몸의 회복이 덜된 때였지만, 그래도 형편없는 몸을 가지고 5월에 경남도교육청(부산 서구에 도청과 같이 있었음)에 가서 아는 직원을 통하여 다른 학교의 인가신청서류를 보고 내가 복사하여 왔다.

학교 건물 사진을 첨부해야 되는데, 건물이 되지 않았으니, 부득이 사등면 기성초등학교의 C형 교실을 정면, 측면, 후면 사진을 첨부하여 서류 작성하였다. 6월 중순경에 도에 제출하러 김형태교장, 이원석 소장, 나 세 사람이 부산에 갔다. 당시 도 관리국장님이 정삼태씨였는데, 진해분이시며 다행히도 거제교육청 관리과장 주사영씨와 친한 사이이며, 또 인가 담당 과장은 과거 관리과장이었던 윤종린씨와 친한 이기찬씨였다.

이리저리 연비(聯臂.다른 사람을 통하여 간접으로 소개함)하여 제출하였다. 이렇게 연비가 잘 된 것은 내가 오랫동안 교육구청에서 일한 것이 큰 도움 되었기 때문이다. 경비는 내가 약값으로 가져간 것을 사용하였다.

서류 제출 후 9월경에 1969년 3월 1일 거제상업고등학교로 인가를 받았다. 그후 힘을 내어 학교교실도 되고 난 후로는 전부 정부의 자금으로 건물도 짓고 땅은 기부하고 2개 교실도 기부하였다.

내가 고현중학교에 가서 대수술도 하고 엄청 힘들었지만, 무엇보다 거제상고 인가를 받아낸 것이 보람찼던 일이었다.

학교 인가시에 학교장님과 기부금 징수자 손종부씨(이 분은 학교 고용인으로 있다가 정년하셨다), 이원석씨, 김경옥, 유상언, 임수근, 주관옥 등의 공로가 있어 더욱 빛났다고 본다.

인가시 여비로 쓴 나의 약값은 뒤에 이원석씨가 나에게 돌려주었다.

## 문상도 주사

고현중학교 근무 시절에 대수술의 시련과 또 고등학교 인가로 보람찬 일들이 있었다. 그러나 이런 모든 것의 뒤에는 나를 지극으로 도와준 문상도 주사를 빼어놓을 수 없다. 문상도씨는 나보다 한 살 아래라서 말을 대충하여도 충분한 일인데도, 다 늙어, 낼 모래 죽어도 호상이라고 할 이 판국까지 나를 형님이라고 깍듯이 대접한다. 참으로 고마운 일이다.

그는 뼈대가 굵고 기골이 단단하다. 엊그제, 당시 고현중학교 근무 교직원들의 친목모임인 68친목회에 나와서 저녁식사도 한턱내었다. 그날 소주를 몇 병을 마시고도 끄떡없었으며, 매일 4Km씩을 이 나이에도 뛴다고 하니 입이 쩍 벌어질 지경이다. 나는 걷기 힘들어 겨우 오토바이를 타고 독봉웰빙공원에 가서 민요가락이나 읊어대다가 돌아오는 것이 고작인데.

내 아플 당시에 내가 해야 할 업무까지 잘 처리해 주었을 뿐 아니라, 내가 아프고 우울증에 시달리는 것을 보고 항상 나를 위로해 주었으며, 사무는 걱정 말라하고, 어쩌든지 병 고치는 것이 목적이니, 약 먹고 마음 크게 먹고 안정하라는 그 따뜻한 말씀은 지금 생각해도 너무나 고맙고 또 지금까지 제대로 된

보답도 못한 것 같아 죄송할 따름이다.

　도에 출장 갈 일에도 나는 나 혼자 못가고 문상도 주사와 같이 가곤 했는데, 부산의 육교를 내가 못 건너가곤 하였다. 행여나 내려앉을까 두려운 지경이니, 그 공황장애가 오죽했겠는가!

　한번은 문상도 주사와 부산에 출장을 갔는데, 1박을 하게 되어서 옛날 대청동 현대극장 뒤 문화장 여관에다 숙소를 정했는데, 우울증이 와서 여관방에 들어가기 싫어서 골목길에 문주사와 둘이 있으니, 어떤 여자가 다가와서 '같이 놀다 가이소'라 하였다. 나는 내 정신이 없어 사족을 떨고 있는데, 문주사가 '그냥 잘 가이소'라 하며 돌려보냈었다.

　문주사와 같이 마음의 안정을 찾으려 밖에 오래 있다가 늦게 방에 들어와서 문주사의 위안을 받으며 밤을 이루었다.


　바다의 배로 못 오고 육로로 버스를 타고 오게 되었다. 그때 거제 가는 버스정류장은 충무동이었다. 둘이서 버스를 타고 오는데, 문주사 하는 말씀이 회화중학교 이정석선생을 만나 보고 가자고 하였다. 나는 그러하자고 동의했다. 차를 중간인 배둔에서 내렸다. 학교로 전화했더니 이정석선생이 즉시 나왔다. 허름한 기와집의 민물장어 구이집으로 안내되었다. 장어구이를 셋이서 먹었는데 참으로 맛있었다. 먹다가 한 쟁반을 남겼는데, 그 남은 것을 싸서 버스에 오면서 먹었다. 내 생전에 그리 맛있는 민물장어는 처음 먹어 보았다. 그리 기름진 것을 많이 먹었어도 아무 탈도 없었다. 그때가 수술하고 석 달쯤 지난 뒤 같다.

문상도 주사는 성격이 온후하고 인정이 많은 분이라 인간관계가 원만하고 의리가 있었다. 내 곁에 문주사가 없었더라면 중학교에서 휴직을 하였거나 퇴직을 하였을 것이다. 문주사 덕으로 병가 한번 냈을 뿐, 사무실에 대한 곤란과 부담은 없었다. 엊그제 68 친목회에서도 그 문주사에 대한 나의 고마움을 일부 말하였다. 그러나 어찌 말로 다할 수 있겠는가? 참으로 감사한 마음 죽을 때까지 잊지 않으려 하고 있다.

# 4. 하청중, 하청농고

고현중학교에서 교육청으로 갔다가 1972년 9월 하청중학교, 하청농업고등학교에 부임했다. 교장님은 무원 김기호 선생님이신데, 거제의 노래를 작사하신 분이시다. 교감은 하청 서리에 사시는 윤종열 선생님이신데 너무나 인자하신 분들이시라 학교생활이 즐거웠다.

우리 사무실에 김청삼 차석, 정재봉 삼석, 회비징수 문서수발에 김영원 서기, 고용원 배씨 등, 나까지 다섯이었다.

교장 선생님은 나를 잘 몰랐겠지만, 나는 선생님에 대해서 잘 알고 있었다. 길을 걸으실 때도 딱 고개 숙여서 발 앞만 보고 가시는 분이신데, 제자가 교장님에게 길에서 인사를 하면 주춤 하시면서 인사를 받곤 하시고, 사환마을의 댁에서 학교로 오가실 때 큰길을 아니 가시고 좁은 소릿길을 돌아 걸어서 다니곤 하셨다.


## 무원 김기호 교장님

부임하자마자 교장님께서 나를 부르셔서 하시는 말씀이 '나는 빚이 있으면 안 됩니다. 학교 빚이 없어야 합니다.'라고 말하셨다. '예 알겠습니다.'로 대답하고, 차석 김청삼에게 외상빚 조사를 해서 오라고 부탁하였더니 당시 학교 빚이 40여만 원이 되었다.

그 사항을 교장님께 말씀드렸더니 깜짝 놀라시며 먼저 서무과장이 옥영상씨였는데, 그 과장을 불러와야 하느냐고 하시면서 크게 당황하셨다.

"교장 선생님. 이 빚은 개인의 빚이 아니고, 학교를 운영하면서 생긴 빚이므로 교장 선생님이 알고만 계시고, 제가 예산을 절약하여 빚을 갚도록 하겠습니다."

"그러면 과장이 책임지고 갚아 나갈 수 있겠느냐?"고 물었고, 나는 그러하겠다고 대답하였다. 농고이기 때문에 농고 선생님들께서 도에다 영농보조금을 전도 받아 소도 키우고, 돼지도 키우고 영농실습하면서 키우던 돼지를 잡기도 하였다. 학생들이 실습하여 키운 소, 돼지를 팔아서 영농 전도금 원금은 상환하고 순이익금은 학교 영농업에 활용하고 있었다.

농고가 오래되어 새로 신축하기 위하여 부지 선정 등을 해놓고 중, 고등학교가 분리되는 바람에 무원 교장님과 나는 중학교로 분리되어 내려왔다. 무원 선생님은 상당히 민감하셔서 다른 숙소나 출장 등을 달가워하지 않으셨다. 할 수 없이 가야할 때는 내가 모시고 갈 때가 있는데, 나의 동행에 그나마 낫다며 나를 칭찬하셨다.

## 무원 선생님과 여행

그때 수학여행이 있었다. 내가 교장 선생님에게 권유하였다.

"이번에 수학여행 가는 데에 같이 다녀 오시소."

"학생들 가는 데에는 안 따라 갈란다. 우리 돈으로 간다쿠모 니하고 나하고 둘이는 갔다 오겠는데."

그래서 내가 말했다.

"그러면 저하고 같이 가입시다. 우리 돈으로."

그렇게 해서 무원 선생님과 같이 여행을 하였다. 당시 수학여행지가 경주였는데, 배는 학생들과 같이 타고 진해로 가서 그곳에서부터는 둘이서 학생들과는 별도로 움직였다.

경주에도 갔었지만, 다른 여관에서 잤다. 돌아올 때에는 동래의 온천장에서 숙박하였는데, 각방으로 따로 주무셨다. 아침 일찍 찾아뵈었더니, 혼자서 벌벌 떨고 계셨다. 그 방이 밤중에 정전이 되었는데, 다른 사람들에게 폐가 될까봐 아무 이야기도 하지 않고 혼자 떨면서 새벽을 지새운 것이었다.

그때 동래온천 일식집에서 감성돔 시오야끼(소금구이)를 먹었는데, 무원 선생님께서 참으로 알뜰하게 잘 잡수셨다. 생선에는 손을 전혀 대지 않고 오로지 젓가락으로 앞, 뒤로 돌려가며 정확하고도 깨끗하게 드셨다. 게다가 미소시루(일본식 된장국)도 두 그릇이나 드셨다.


## 무원 선생님과 서예

내가 서무실의 책상에 신문지를 깔고 그 위에 붓글씨를 쓰고 있는 것을 무원 선생님께서 보셨다. 그러던 어느 날, 무원 선생님이 붓을 달라고 하시면서 글씨를 쓰려 하였다.

김청삼 차석(무원 선생님과 육촌)이 재빨리 화선지를 책상에 펴니, 선생님께서 '無限江山'이라고 쓰셨다. 나중에 낙관을 받아 액자로 표구하여 걸었다.

나중에 선생님에게 듣기로, 서예는 동래고보 시절에 배우고 익혔다고 한다. 공부를 잘하여 무원 선생님과 겨루던 학생이 있었는데, 그분이 미술을 잘하여 무원 선생님이 밀렸단다. 그래서 무원 선생님은 '네가 미술이면, 나는 서예다.'로 작정하고 서예를 하여 승부를 가렸다고 하였다.

그러나 한동안 서예를 놓고 있었는데, 그 '무한강산無限江山' 이후로 작품 활동에 애써서 서울과 통영에서 대대적으로 서예 전시회를 하고 크게 호평을 받았다. 선생님에게서 도연명의 시를 쓴 병풍 2점을 선물 받아 1점은 망치 재실에, 또 한 점은 내가 직접 보관하고 있다.

그 '무한강산無限江山'을 쓰시고 난 뒤 '하청 부두에서 선생님 댁의 식모가 벼루를 이고 집으로 갔다.'라는 정보를 들었다. 나는 곧 바로 아주 좋은 먹(팔뚝만한 중국 먹)을 구하여 선생님에게 선물을 하였다.

세월이 지나 내가 교육청에 근무할 때에 선생님이 타계하셨다. 부음을 듣고 바로 하청으로 갔다. 갔더니 선생님의 동생이신 김기용 선생이 명정을 쓰려고 준비하고 있었다. 그래서 내가 '그게 아니고 좋은 먹이 있을 것인데,' 하면서 책상을 더듬어 찾았더니 내가 선생님에게 선물하였던 먹이 나왔다. 그런데 선생님은 그 먹을 한 번도 쓰지 않으시고, 바깥 포장지에 '김영은 증'이라고 깔끔하게 적어 놓으셨던 것이다. 나는 감격하였다. 그리고 속으로 '어찌 한 번도 사용하지 않으셨단 말인가?' 안타까워했다.

나는 포장지에서 그 먹을 꺼내어 벼루에 새로 갈았다. 김기용 선생님이 계신 앞에서 내가 무원 선생님의 명정을 썼다. 안타까웠지만, 감격스러웠다.

## 선생님과 이별

무원 선생님과 3년 정도 근무하던 차에 교육청으로 발령이 났다.

"다른 곳으로 가면 내가 잡겠는데, 교육청으로 간다니까 잡지 못하겠다."고 교장 선생님이 말씀하시면서

"잘 되었다. 고생 많이 하였다."

"내 교육자 생활하는 동안 친구 하나 잘 생겼다."며 나를 칭찬하였다.

내가 말씀드렸다.

"교장 선생님, 그때 제가 부임할 때 빚 있던 것 하나도 없이 다 갚았습니다."

"그리고 통장에 100원 남았습니다." 라고 말씀드렸더니 나의 손을 붙잡고 말없이 같이 눈물 흘리며 울으셨다.

교장 선생님은 사재로 세운 하청중, 고등학교를 사립으로 운영하다가 국가에 헌납하신 참으로 대단한 거제인이시다. 삼형제이신데, 동생 김기용씨는 권현망 사업하시다가 그냥 두시고 난을 재배하고 제주 한란을 연구하여 국내 최초, 제일의 난초 연구가로 책도 발간하여 배포하셨다. 막내동생 분은 동아대학

교 학장으로 재직하셨으며, 무원 선생님의 큰 누나는 나의 6촌 동생 김정남의 장모님 되시고, 나의 학교 동기인 옥경표의 어머니였다.

어느 날 무원 선생님이 말씀을 하셨는데, '동생은 난을 키워 참으로 생의 보람을 찾았는데, 나는 한 일이 없어 동생이 부럽다.'라고 하였다.


## 단주

그때 고현행 버스가 하루에 3회 있을 때라 퇴근하면 버스 정류소에 나가 차를 기다리는데, 그 모퉁이에 선술집이 있었다. 그곳에 선생님들이 몇 모여 술을 하는 때가 많은데, 나도 술을 할 때라 간간히 들어가곤 하였다. 그랬더니 술값이 두 달 동안에 간단히 몇 만원 넘게 들어갔다. 속으로 '야! 이래선 안 되겠다.'는 생각이 들었다.

저녁때 술을 먹을 시간 때에 '내가 위장에 탈이 나서 술을 못 마신다.'하면서 술을 피하였다. 그때부터 계속 술을 단주하였다. 그후 교육청에 돌아오고도 계속 단주하였는데, 조카 성호의 결혼 관계로 인하여 사돈되실 분하고 대작을 하였다. 그때의 술은 남포동의 어느 왜식집에서 정종을 그분이 '그만 합시다.' 할 때까지 마셨다. 그분은 술을 좋아해서 삼촌인 내가 술을 대작하지 않으면 같이 앉아 있기 곤란할 상황이었기 때문이었다.

그렇게 단주에 가까운 절주는 정년퇴직 후에도 계속 되었는데, 70살쯤이었던가, 신협 이사로 있을 때 가을철이라 이사회를 마치고 매일횟집에서 저녁을 먹었다. 그 자리에서 소주와 맥주 몇 잔을 마시고 일어날 때까지는 내 정신이 있었는데, 밖에 나오니 사리분간이 되지 않았다.

일어나 보니 다음날의 집이라. 어떻게 해서 집에 왔는지, 또 돈도 몇 푼 있었던 것 같은데, 보이지 않았다. 그때 '야! 나이 많아 술에 취하여 정신이 없으면 안 된다.', '나도 물론이고 내 자식들 얼굴 깎인다.', '또 제자, 후배도 많고 내가 고현 산지 약 60년이 다 되어 가는 이 마당에 지인, 친지에게 욕 먹이게 된다.'는 생각에서 또 그날부터 다시 단주하여 현재까지 술을 마시지 않고 있다.

# 5. 그 외 학교 근무

## 연초중학교

하청중학교에서 교육청으로 갔다가 1976년 9월 연초중학교에 부임하였다. 정신탁 교장 선생님(이북이 고향, 전쟁때 피난 오신 분)이셨는데, 참 좋으신 분이었다. 교감은 길원준(울산) 선생님이었고, 나의 갑장인 윤종석 선생, 김종원 선생 등 아는 사람이 많이 계셔서 편안한 느낌이었다.

서무실에는 내 다음으로 옥양환 서기와 여직원 김양(회비 징수 및 문서수발)과 고용인 4명이 있었다. 사무는 차석인 서기가 일을 잘 하였으므로 나는 학교의 일이 있으면 교장님과 의논하고 서무서류에는 도장만 찍으면 되었다.

뒤에 교장 인사가 있었다. 정 교장님은 부산으로 가시고 예전 고현중학교에 같이 있던 김형태 교장님이 오셨다. 두 번 만나게 된 셈이다. 김교장님은 독립투사의 자제라 꼿꼿하여 자존심이 강하고 고집이 세서 지역주민들과의 유대관계는 좋지 못하였다. 경남도 내에서도 그렇게 까다롭다고 소문난 분이었다.

# 풍수해

한번은 여름 방학인 8월 하순에 폭우가 쏟아져서 학교 뒷길에 산의 토사가 쏟아지고, 학교의 담도 무너지고 교통도 마비되었다. 학교의 서무실은 방학도 없이 계속 출근을 하므로 그냥 방치할 수가 없어서 교장 선생님에게 보고없이 교육청에 피해복구비 등을 조사하여 보내고, 시멘트를 사서 무너진 담장을 보수하였다.

개학이 되어 교장님과 직원들이 출근을 하였다. 그 사항을 보고 받은 교장님은 당장 화를 내시더니 '서무과장 마음대로 허위보고를 하고, 시멘트를 외상구입하였다.'고 난리를 치셨다.

내가 '교장님 이하 선생님들은 방학 때 잘 쉬셨지만, 우리 서무과 직원들은 한 번도 쉬지 못하고 일만 열심히 하였는데, 추궁이 심하다.'고 했더니 방학동안 쉬었다는 말에 격분하여 입에 거품을 물고 노발대발하였다.

그때 풍수해 조사 나온다고 전천수 도교육감이 내려온다는 이야기가 있었다. 그러나 나는 기분이 나빠 교장님에게 외출 신청을 하였더니 승인하여 주지 않았다. 그 길로 학교를 나와 집에 있다가 다음날 도교육청에 올라가서 박종국 인사계장에

게 전근시켜 달라고 부탁을 하였더니 '그럼 잘 되었네. 고현중
학교가 중, 고로 분리되니 그리 가면 되겠네.'라 하시더라고.
고맙다는 말을 하고 귀가 하였다.


## 징계서류와 송별회

9월 초쯤에 학교장이 나의 징계서류를 만들어서 교육청으로
갔다고 들었다. 당시 교육청에는 노현석 교육장, 허기환 학무
과장(통수 1년 선배), 김상욱 장학계장(처사촌 동서), 윤종린
관리과장(아주 거주)씨 등이었다.

교장이 나에 대한 이야기를 자초지종 하니까 교육장께서 '대
관절 그 사람의 인성이 어떠하냐?'고 반문하였다고 한다. 그랬
더니 교장이 '인성은 괜찮은데……'하면서 오직 그날의 상황에
대하여만 말했다고 했다. 저녁에 학무과장과 장학계장이 우리
집에 오셔서 그런 상황들에 대한 이야기를 들려주었다. 그러
면서 '내일 출근하여 교장에게 잘못했다고 하면서 사과하라고
조언하고 돌아갔다.

다음날 출근을 하여 교장 사택을 찾아가서 잘못했다고 사과
했다. 그리고 나서 오래지 않은 9월 10일자로 고현중학교로 발

령이 났다.

전도자금으로 나온 돈으로 학교의 제비용을 갚고 나서 폭우 피해시 사용한 시멘트 한 포대 값까지 다 갚았으며, 따라서 학교의 빚이 하나도 없다고 설명드렸다.

교장님 이하 전직원들이 송별회를 성대히 해주어서 잘 대접받고 고현중학교로 옮겨왔다. 나의 후임은 통수 후배인 윤충원씨였다. 교육청에 서무로 나와 같이 일한 적도 있고, 관리과장도 하였다. 후임인 윤충원씨가 풍수해 피해복구비 60만원을 신청하여 배정 받았다는 이야기를 들었다.


## 비석공장 친구

지금의 연초중학교의 뒷담(도로변)을 내가 부임하여 블록으로 벽을 쌓았다. 부임할 당시에는 탱자나무 울타리였다. 학교 옆에는 갑장으로 친구인 윤정구가 비석 일을 하고 있었다. 당시에 비석은 충청도 돌비석 공장에 가서 사와서 초상이 나서 주문이 들어오면 크고 작은 비석에다 주문자가 비석에 넣을 글을 전해주면 그대로 파서 비석을 세워 주는 것이다. 비석에 붓으로 글씨를 써놓고, 뾰족한 정을 사용하여 손으로 글을 팠다.

비석에 글을 쓰는 사람을 불러서 비석에 붓글씨를 쓰면 대 (大)자 한자는 얼마, 소(小)자 한자는 몇 원 으로 계산하여 글 씨 값을 주었다.

내가 잘 쓰지는 못해도 큰형님에게 배운 글씨로 친구가 전 화로 부탁하여 오면, 그냥 한가한 시간에 돈도 받지 아니하고 써 주었다.

천곡에 공원묘지가 시작되었기 때문에 장사가 잘 되었으며, 내가 쓴 비석이 1~2백 개쯤 되리라 생각한다.

내가 고현중학교로 전근이 되자 그 친구가 나에게 선물로 자 연석으로 된 벼루를 선물하였는데, 집사람이 충무에 서예 배 우러 다니면서 선생에게 자랑하여, 글쓰기 편하다며 조금 작 은 제작 벼루와 바꿔오고 말았다.


## 다시 고현중학교


연초중학교에서 고현중학교로 왔는데, 고현중학교는 지금 포로수용소유적공원으로 편입된 땅에 새로 지어 이사하였다. 따라서 운동장 정리도 안 되어 있고, 교실도 한쪽은 짓지 않고 있었다. 그때 신태성 교장님이였는데, 교육청에 근무하시다

온 분으로 인성이 좋고 노력파였다.

학교 운동장 정리를 하려고 하니 마사토가 필요한데, 가까운 관내에는 없고 거제 죽림마을에 마사토가 있다는 말을 듣고 섭외하여 마사토를 가져오게 되었다. 트럭이 많이 가서 실어오니 지서에서 나와 조사를 하였다. '우리 학교에 넣는 것인데, 군청 산업계와 협의를 거쳤다'고 하니 통과되었다.

흙을 많이 넣어 운동장 정리를 깨끗이 마무리 하였다. 그때 군청 산업계장이 조상도 전거제시장이었다. 그리고 학교 축대가 붕괴될 위험이 있어서 신덕생(보건소장)씨의 밭 대나무가 학교 근처에 있어서 이를 옮겨 심은 것이 지금 포로수용소 유적지가 된 운동장 주변에 무성한 대나무밭이 되었다.


### 거제제일중학교

고현중학교에서 거제제일중학교로 발령이 났다. 학교장은 교육청 학무과장으로 계셨던 통수 1년 선배이신 허기한 교장이었다. 선배이신 교장이 '나를 오라.'며 데려 갔으므로 당연한 일이지만, 참으로 반갑게 맞이해 주었다.

교장님이 술을 참 좋아 하셨지만, 3년 같이 있을 동안에 식당에 세 번 같이 가서 먹고는 일체 시내에서 같이 다니지 않았다.

학교정문에 다른 차들이 들어와서 돌려 나가곤 했기 때문에 운동장 입구에 계단을 만들어 그러지 못하도록 공사를 해 버렸다.

당시 정년이 55세라 1년 4개월이 남았는데, 다시 고현중학교로 발령받아 오니 같이 있던 홍준섭 교장이 그대로 계셨다. 자기하고 같이 있다가 다른 데로 갔다고 하여서 약간 서운한 감정을 갖고 있었던 것으로 보였다. 오래지 않아 홍 교장님은 전근을 가시고 김경상 교장님이 오셨다. 김 교장님은 부임하시자마자 폐지정리하기를 비롯하여 학교 환경개선에 많은 노력을 하셨다. 교장실에 주로 계시는 것이 아니라, 창고에서 주로 정리정돈 하시며 말이 없으신 분이었다.


## 정년 연장

당시 우리 행정직은 55세가 정년이었다. 그런데 정년이 3년 연장된다고 건강진단서를 첨부하여 서류를 작성 제출해야 되는데, 통영적십자병원에서 신체검사를 하였더니, 증명발급을 미루고 해주지 않았다. 그 이유는 내 오른쪽 폐가 거의 없기 때문이었다. 그래서 내가 가서 원장님을 만나 그 사유를 말씀드렸더니 발급해주라는 원장의 지시로 발급받아 연기신청을 하였다.

1988년 12월 31일 만 58세(실제 59세)로 고현중학교에서 정년퇴직하였다. 그때 나는 정년퇴임식을 않겠다고 단호히 거절하였는데, 교장 선생님이 자기 나름대로 연락과 준비를 다해 놓았기 때문에 할 수 없이 진행될 수밖에 없었다. 부득이 나도 나름대로 안내장을 이리저리 보내고 퇴임식에 참석하였다. 약 200여명 참석했나 싶다.

# 제6장
# 투병생활과 건강운동

# 제6장
# 투병생활과 건강운동

## 1. 어렸을 때의 치통

1942년 가을, 열세 살의 나는 충치로 인하여 도저히 견딜 수
없을 정도로 고충을 겪는데, 우선 진정을 시키고자 찬물을 머
금고 하여 진정을 시켰으나 조금도 차도가 없고 얼굴과 볼은
부어올랐다.

도저히 견딜 수가 없어서 아주에 이 빼는 데가 있다고 하여
어머니와 걸어서 지세포를 지나 옥림 뒤 산길로 아주로 넘어
가는 길로 아주까지 가서 이빨을 뽑았다. 걸어서 집으로 돌아
왔는데 그래도 볼이 부은 것은 낫지 않고 고통은 도리어 심해
지고 있었다.

입천장에 새알만한 물혹이 2개나 붙어있고, 볼과 눈, 얼굴전체가 퉁퉁 부어 '사람 안 된다.'는 추측까지 하곤 했다.

도저히 견딜 수가 없어서 어머니와 같이 부산으로 갔는데, 그때 영도에 할머니의 동생(아버지의 외삼촌)이 살고 계시는 곳에 갔다. 그 할아버지가 조제약을 하시는데, 담배 잎에다 약을 제조하여(그것을 부첩산이라 하였다) 담배 넓적한 잎에 싸서 볼에다 붙였다.

붙인지 수개월이 지나니 그때서야 차차 얼굴의 부색이 빠지고 입천장의 혹의 물이 빠지면서 천장과 코와 구멍이 생겼다. 그러자 말을 하니 코맹맹이 소리가 났다. 그 말을 극복하기 위하여 혼자서 숨은 고생을 하였다. 그 구멍을 막아야 코맹맹이 소리가 나지 않기 때문에 그 구멍을 보리밥알로 항상 막았다. 혼자 남모르게 고생하였는데, 부모형제도 모르고 있었으며, 지금도 입천장에는 구멍표시가 있다.

그 약을 거의 일 년 정도 붙이고 나니, 다행히 치유가 되었다. 2년간 가지 못했던 학교(망치강습소)에 재입학하니, 다른 아이들은 학년이 바뀌어 있었다.

## 2. 폐종양

### 발병

1967년 교육청에서 연금관리 업무를 보고 있을 당시, 그때가 7월경 날씨가 좀 더울 때인데, 바람이 잘 통하는 곳에 앉아 사무를 보는데 그만 몸이 싸늘해지면서 몸의 균형이 불안정하였다. 그때 옆에 있던 동료가 나를 보고 즉시 고현보건소로 데리고 갔다. 보건소에서 주사를 맞았더니 정신이 돌아왔다.

그 뒤에 기침을 한번 했더니 가래에 피가 섞여 나왔다. 그러려니 하고 사무를 보고 있는데, 그래도 가래에 피가 섞여 나오고 몸은 다소 피곤한듯 하였다. 그로 인하여 기침만 하면 자꾸 가래에 피 묻어 나오는 것에 신경이 곤두서곤 하였다.

그래서 통영의 적십자병원에 입원을 하였다. 약 일주일 있는 동안 주사도 맞고 진찰을 하고 엑스레이등 제반 진찰을 하였는데, 이효연 과장께서 우측 폐 하엽에 돈짝만한 것이 있다면서 그에 대한 약으로 치유하려고 노력하였으나 아무 소용이 없었다.

효과가 없으니, 자꾸 마음만 조급해져 갔다. 병상에 같이 입원해있던 환자가 퇴원하여 혼자서 자기가 무서웠다. 그러고 한 환자가 죽어서 나가는 것을 보니 더욱 마음이 초조하여 양복점을 하는 통영수산중학교 친구 임규송의 가게의 재단하는 작업대 위에서 하룻밤을 자고 다음날 퇴원하여 집으로 왔다.


## 공포증

그때부터 공포증이 들면서 이제 죽는 것이 아닌가 하는 불안심리가 엄습하여 도저히 마음과 몸이 떨려 가만히 있을 수가 없었다. 우울증이 심해져서 잠도 오지 않았으며, 옆에 자는 집사람을 깨워 불안을 털어내려고도 하였다. 적십자병원에서 가져온 약을 먹어도 차도가 없어 '이리 하면 죽는다.'는 노이로제가 심해져 갔다.

어찌되던 간에 약물로 고쳐보겠다고 부산 메리놀병원등 몇 군데 병원을 다니면서 촬영도 하곤 했지만, 역시 폐에 종양이 있다는 결과가 나왔다.

약으로 고쳐보겠다고 중국한의원 등을 전전하다가 부산대학병원에 가니, "이것은 열어봐야 알지. 잘 모르겠다."고 말하였다. 나는 몸이 야위어 졌고 식사도 밥도 맛이 없어 잘 안 넘어

가고 신경불안증은 날로 더해갔다.


## 수술

그 당시 겨울방학 때라 선생하던 나의 처남 윤종태와 상의
하여 부산대학병원에 입원하여 수술하기로 결정하였다. 대학
병원의 간호과장이 나하고 같이 거제교육청에 양호교사로 있
던 백길자(거제면)선생이어서 마음을 가라앉히는데 도움이 되
었다. 그리고 이 모든 결정에는 처남 윤종태의 도움이 결정적
이었다.

수술날짜를 1968년 2월1일로 결정하였다. 그때 '나는 죽는구
나. 만약 내가 죽으면 우리 아이 다섯 명은 어쩔 것인가?' 아내
가 아직 젊으니, 아이 두고 남에게 시집가는 생각까지 주야로
머리에서 떠나지 않았다.

수술날짜는 1968년 2월 1일 아침이었다. 아침 8시경에 의사
들이 오더니 몸에 면도를 하고 난 뒤에 9시에 수술실에 간다고
하였다. 내가 평소 피우던 담배를 아침 9시에 마지막이라고 한
개비 피우고 꽁초를 탁 꺼버리고 수술실에 들어갔다.

나를 침대에 눕히더니 '눈감고 있으라.' 하면서 '하나, 둘, 세

라.'고 했다. 시키는 대로 숫자를 세다가 잠이 들었는가 싶은데, 하도 옆에서 '아이고, 아이고' 시끄럽게 야단이었다.

"내가 잠 좀 자려하는데, 왜 시끄럽소?"하니 머리 위에서 의사가 "수술 잘 됐습니다."라고 말했다. 그러자마자 내가 '아야!' 소리를 하니 목에서 소리가 나지 않고 진통이 오기 시작했다. 참기가 힘들었다.

그럴 때마다 의사에게 진통제를 놓아달라고 말을 전하면, 의사는 진통제 주사를 많이 하면 수술자리 치유가 빨리 되지 않는다며 잘 놓아 주지 않았고, 숨도 가빠서 그 고통이 이만저만 아니었다.

그때 같은 병동에 문동에 사는 나의 갑장 이종이씨도 폐에 대하여 수술을 먼저 받고 입원 중이었다.


## 간병

수술을 하고나서 대소변이 아주 곤란하였다. 그때부터 누가 제일 나에게 만만한 줄 알았다. 첫째는 부인이고, 둘째는 친구, 셋째가 처남, 넷째가 형제, 다섯째가 부모인 것을 느꼈다.

당시에 처남이 아니었으면 나를 위로하고 같이 생활하여 줄

사람이 아무도 없었다. 그때 집사람은 찬호(5째 자식)를 낳은 지 얼마 되지 않았고, 방앗간의 일도 많아서 몸을 마음대로 못할 정도라 부산으로 나오기는 어려운 상황이었다.

다행이 처남이 방학 때라 나의 고충, 아픔을 이해해 주고, 또 하나 하나 위로하여 준 덕택으로 그 난관을 헤쳐 나오게 되었다.

폐가 원래 오른쪽 3엽, 왼쪽 2엽인데, 오른쪽의 하엽, 중엽을 절제하고 갈비뼈 하나를 제거했다. 뼈를 잘라낸데다가 폐가 적으니, 평소 숨 쉬는 것의 2/5를 제거하였으니, 숨이 가쁘기 일쑤였다.

그 당시 망치의 백씨께서 오셔가지고 나를 간호하며 잠을 주무시다가 틀니가 목에 걸려 큰일 날 뻔하였다. 처남이 놀라 일어나서 겨우 틀니를 빼냈다.

그 뒤로 둘째형님과 셋째형님도 오셔서 간호를 하셨는데, 둘째형님께서 내 기분을 최고로 잘 맞춰주셨다. 그리고 당시 부산에 사셨던 처고모님께서 두 번이나 오셔서 병문안 하였다. 귀했던 오렌지주스를 가져 오셨으며, 나의 손을 잡고 "우리 금낭이가 열한 살에 엄마를 잃었는데, 이 젊은 나이에 자식까지 다섯인데 신랑을 잃어버리면 안 되는데."하면서 우셨다.

## 퇴원

그러자 개학이 되어 처남은 가시고 난후, 수술 10일 후 퇴원해도 된다고 의사의 말씀이 있었다. 초조한 마음은 떠나지 않아서 한 1주일 더 있다가 퇴원하겠다고 연장하여 보름만에 퇴원하여 집에 왔다. 그때는 의술이 별로 좋지 않은 때라, 나의 흉곽 폐 절제 수술은 부산 한일의원 원장이시고 부산대학병원 흉곽외과 과장이 하셨는데, 그 의사 이름은 김진식씨였다. 백씨 말씀에 의하면 김진식씨는 평양에서 피난 나오신 분으로 우리 의성김씨라고 하셨다. 당시에 그분이 흉곽외과의사로서 한국 최고의 3인 중 한 사람이라는 이야기를 들었다.

집에 도착하니 망치의 어머니께서 오셔서 경문(굿)을 했다고 했다. 어머니께서 대잡이 한테 '언제쯤 이 집 대주가 오겠느냐?'고 물으니, 대잡이가 '보름 있다가 온다.'고 말했다는 것이다. 그것이 우연이겠지만, 날짜는 맞아진 셈이었다.

동네와 직장에서는 내가 살지 못할 것이라는 소문이 파다하게 퍼졌었다. 집에서 요양을 하는데, 목에 피는 나지 않는데, 공포증은 사라지지 않았다. 신경과에 가서 약을 사 집에 가득 놓아두었고, 좋다는 약은 다 사서 놓고 먹어도 별로 효과가 없었다.

## 노이로제 공항장애

말이 잘 되지 않아 집사람을 부르려면 긴 작대기를 옆에 놓고 그것으로 문을 두드려 부르곤 하였다. 밤에 잠이 오지 않고 온몸이 떨리고 답답해질 때 집사람은 잠을 자고 있는데, 못 자라고 깨우고 또 혼자 많이 울기도 하면서 날로 우울증은 심하여 졌다.

그때 내가 고현중학교 근무할 때라 5월경에 부산에 지방공무원 교육이 나와서 교육받으러 가야 하는데, 어찌할지를 몰라 걱정하고 있었는데, 다행이 공무원 교육원 과장이 백씨의 처남인 옥영실씨였다.

그로 인하여 우리 집사람이 젖먹이인 찬호를 업고 부산 양정동에서 여인숙을 하는 처삼촌 집에 가서 죽을 끓여먹고 교육받으러 갔다. 그 덕택으로 2주 교육을 무사히 마치고 귀가하게 되었다.

그래도 노이로제는 계속되었는데, 둘이 같이 있던가, 남과 같이 생활하게 되면 다소 안정이 되는데, 혼자 있으면 자연히 우울증이 살아나곤 하였다. 나 때문에 집사람은 잠도 제대로 자지 못하고 고생을 말할 수 없이 하였다.

수술을 한 의사가 '수술한지 5년만 지나면 걱정 없다.'는 말을 했었는데, 그렇잖아도 우울증이 격심한데, 더욱 마음이 날카로워지고 '만약 내가 죽고 나면, 아이들 다섯을 어찌할 것인가?', '아이 두고 남의 집에 갈 것인가?' 망상증이 심하여 도저히 정신을 못 차릴 정도였다.

텔레비전이나 사회에서 누가 죽었다. 상여 나간다. 하는 것은 도저히 우울증 때문에 듣기도 싫고, 보기도 싫었다. 어찌하여 5년을 넘기느냐는 문제인데, 어찌할 도리는 없었다.


## 공포증으로부터 탈출

남과 웃는 이야기하고 즐거운 것을 들으면 안정이 되는데, 혼자서는 잠도 잘 안 오고 망상증이 생겨서 안절부절하였다. 그러다가 1년 가고, 2년 가고, 3년, 4년, 5년째. '오늘이 5년째 마지막 날이다.' 앞으로 1년만 더 편했으면, 또 2년 만……, 그럭저럭 세월이 흘러 근 십여 년 동안 기구망측한 생각으로 세월을 보내는데, 이것 이래서는 안 되겠다, 내 자신이 공포증과 싸워야 되겠다는 각오를 하였다. '요는 마음의 개조다.' 즐거움을 만드는 것으로 계획하였다. 노래, 염불, 장구, 춤 등으로 마음의 변화를 갖기로 하였다.

그리고 내 마음과 병을 따로 분리하여 생각하기로 작정하였다. '너(병)는 너고, 나는 나다.'는 각오로 항상 즐거움을 찾고, 괴로움이 있는 것은 조금일지라도 버리고 하면서 결국 10여 년간 지내고 나니 자연 우울증도 없어지고 마음의 안정을 찾았다. 사람이 죽는 것이나 우는 것을 보아도 그리 상심해 하지 않았다.

사람이란 병이 마음으로부터 나고 마음으로부터 병을 얻게 된다는 것을 병 생활에서 많이 느끼고 깨달았다해도 과언이 아니라고 본다.


## 3. 대상포진


중년에 폐종양으로 크나큰 고초를 겪고 난 뒤에 커다란 병이나 사고는 없었던 것 같다. 별로 기억나지 않는다.

몇 년 전에는 치과 치료에 상당기간 고생을 하였으며, 아직도 치아는 좋지 못하다.

작년에는 밭가의 풀 속에서 쓰레기를 줍다가 쯔쯔가무시에 걸려 며칠 입원을 하였다. 나는 진드기에 물린 줄도 몰랐고,

오한이 나서 병원에 들렀더니, 겨드랑이 밑에 물린 자국을 의사가 확인해 주었다.

올해(2016년) 초의 일이다. 이가 아파서 치과 치료를 하는데, 먼저 해 넣은 이빨에다가 신경을 죽이지 않고 씌워 놓은 이가 되어, 그 씌어놓은 이빨을 제거해야 한다는 의사의 말에 발치하고 치료를 하는데, 치료하는 도중에 감기가 들기 시작하였다.

2월 5일에 백병원 내과에 가서 감기약을 처방받아 며칠을 먹어 나아갈 무렵에 이마에 좁쌀만 한 물집이 생겨서 나는 무심코 잘 때에 손톱으로 긁어 물을 짜 버렸다. 다음 날 그곳이 가렵고 이마가 많이 불편하여 자이피부과에 2월 15일에 갔더니 대상포진으로 보인다면서 큰 병원에 가보라고 하였다.

피부과의 소견서를 들고 집사람과 의논을 하니, 백병원도 잘 고친다는 이야기를 들었다고 하기에 당일에 큰아들과 같이 백병원 내과에 진료하니, 대상포진이 맞다며 약을 주었다. 입원이 필요하지 않겠느냐고 물었더니, 입원해도 특별한 치료가 있는 것이 아니니, 그냥 집에서 통원하는 것이 좋을 것이라 말하였다. 그리고 대상포진의 병세는 여러 가지의 형태로 나타난다고 하였으며, 고통이 심하고 오래 간다고 하였다.

나의 경우에도 그 고통은 컸다. 발병부위는 왼쪽 머리에서부터 눈, 광대뼈까지인데, 약 1분 정도의 형언할 수 없는 고통이 온다. 밤에는 진통이 심하지 않고 낮에만 진통이 왔다. 하루에 4-5회 그런 고통을 당하니 정신이 하나도 없는 지경이 된다. 그 고통을 4주일가량 겪었으니 정말 아찔한 지옥이었다.

집에서 세수를 하면 피가 나와 세숫물이 벌개졌으며, 한번은 세수를 하는데 옆으로 보니 왼쪽 벽에 피가 묻어있어서 내 얼굴을 살펴보니 왼쪽 눈언저리에서 주사바늘에 물 나오듯 피가 나오고 있는 것이 아닌가. 그래서 지혈을 하기도 했다.

머리와 눈 위의 혈관이 터져서 아프고 가렵고 하여 매주 병원에 가서 약을 타서 먹곤 하였는데도 차도는 거의 없었다. 내가 긁고 손톱으로 두들겨서 피부의 혈관이 터져 목불인견의 모습이 되었다. 내과 의사는 펄쩍 뛰면서 '긁거나 두들기지 마라.'고 하였지만, 너무 가렵고 아플 때는 두들기지 않을 수가 없었다. 내 주먹으로 때리기도 하고, 등을 긁는 '?'형의 등나무로 때리기도 하였는데, 눈자위와 눈두덩이에 핏줄이 터지고 퍼렇게 멍이 들었다. 정말로 거울을 바로 볼 수가 없었다.

그런 진통이 4주가 지나니까 도수가 늘어져 하루에 세 번, 하루 두 번으로 줄더니 진통은 정지가 되었는데, 그후로는 아프던 주위가 가려워서 괴로웠다.

이제 헐었던 자리들은 대충 나았으나, 이마 한 부분은 가렵고, 남의 살처럼 느껴진다. 왼쪽 눈언저리도 흉터가 되면서 눈이 작아졌다. 눈을 위로 올려 뜨면 이마가 쪼들리고 머리도 아픈 증세가 나타난다. 지금은 피부과의 약을 바르지 않고 있다. 가려우면 씻고 긁으며 많이 가려우면 침봉으로 피를 빼곤 한다.

의사의 말에 의하면 오래 갈 것이라 하였는데, 이 병의 가려움이 나와 같이 갈 것이라 생각한다. 내가 수술하여 갈비뼈 끊어 낸 곳의 후유증이 아직도 있는데, 같은 현상이라 생각한다. 지금은 약도 바르지 않고 저번에 한의원에 가서 침과 부황으로 피를 좀 뺐는데, 피가 많이 나왔다. 이제 가려우면 세면장에 가서 씻은 다음에 의료기상사에서 가져온 피 빼는 침을 가지고 소독약을 사용하여 가려운 자리에다 내가 침을 놓아 피를 빼서 가려움을 다소 완화시키고 있다.

아, 참으로 고통스러운 대상포진帶狀疱疹이다.

# 4. 위장병

음식을 먹으면 역류가 되고 소화도 잘 안되었다. 감창우 내과에 가서 위 내시경 검사를 했더니 큰병원에 가라고 하면서 의뢰서를 하나 써 주었다. 큰아들 차를 타고 진주 경상대병원에 가서 위내시경 검사를 하고 며칠 뒤 날짜를 정해 주면서 결과 보러 오라고 하였다.

결과 보러 갔더니 의사가 '위벽에 이상이 있어서 그것을 떼어 조직검사를 한 결과 암종은 아니라.'고 하셨다. 그 뒤에 다시 감창우 내과에 가서 위장약을 1주일, 보름치를 먹어도 그때 그뿐이었다. 약을 좀 떼면 역류하고 밥 먹기 어려웠다.

원래 내가 고깃국에 고기 넣어서 죽 끓여 먹는 것을 좋아하기 때문에 내가 생각하여 또 먹고 싶기도 해서 고기 뼈다귀에 물을 가득 부어 약 1시간 정도 끓인 뒤에 뼈다귀는 조리로 완전히 건져내어 버리고 졸아서 한 되쯤 되는 국물에 찹쌀 1홉, 무 1개, 마늘 1홉, 양파 큰 것 한 개, 양배추를 넣어 죽을 약 30분 가량 끓인다. 간은 된장으로 맞추어서 2개월을 먹었는데, 그 사이에 다른 음식은 일절 먹지 않고 오로지 이 죽만 먹었다.

그래서 그랬는지 지금은 밥을 먹는데 역류도 없고, 아직까지 소화제 등 약을 먹지 않아도 변도 이상이 없고 정상이다. 현재 속은 정상이다고 보고, 밥을 잘 먹고 있다.


## 5. 건강관리


내 나이 87세, 일어나기도 힘들다. 방바닥 짚고 일어서서 벽 잡고, 화장실 소변 보고 올 때에는 안 잡고 걸어 들어와서 눕는다. 내가 소변이 잘 안 나와 부산 복음병원 가서 진찰 받고서 부터 한 번도 빠짐없이 계속 전립선 약을 복용하고 있다. 현재 내가 먹는 것은 제때 밥 먹기, 전립선 약, 간혹 혈압약 외에는 보약이나 양약은 먹지 않고 지낸다.

내가 척추관협착증이 있은 지가 약 10년이 되어 가는가 싶다. X선 촬영을 해보니 허리척추뼈가 붙어 있는데, 나이가 들어 수술하기도 어렵다고 하였다.

나의 아픈 고충은 다리가 저리고 걸으면 허리에서 똑똑 소리가 나고 걸으면 고통스러워서 걸음이 잘 되지 않았다. 통증크리닉 주사, 침 등을 맞아도 보고, 신경통약을 먹어도 그때뿐이고, 통증은 여전하였다.

그래서 나는 '에라. 이래서는 안 되겠다. 나 자신이 노력을 하여 보자.'라 마음먹었다. 우선 베개에 초점을 맞추었다. 내가 베는 베개는 의료기상사에서 산 나무 베개인데, 높이 6cm, 폭 12.5cm, 길이 28.5cm 타원형으로 1991년 9월 3일에 구입하여 그때부터 나와 같이 생활을 하는데, 아직 목 디스크는 없다.

화장실에 다녀 온 다음에 방안에서 운동을 시작한다. 그 운동의 종류와 횟수를 적어 본다.

1. 누워서 베개 목에 대고 좌우 회전      100번
2. 양 손목 흔들고 손 폈다 오므리기      100번
3. 항문 수축운동      100번
4. 베게 허리에 넣고 엉덩이 들어올리기      600번
5. 베게 허리에 넣고 문지르기      600번
6. 베게 허리에 넣고 옆구리 양쪽 문지르기    1,200번
7. 일어나서 주먹 쥐고 목 두드리기      100번
8. 손톱으로 머리 두드리기      100번
9. 손 펴서 목, 머리, 뺨 두드리기      100번
10. 눈썹 주무르기 좌, 우      100번
11. 귀 주무르고 비비기      80번
12. 일어나서 팔 어깨 위로 후려치기(팔매질)   80번

| 13. 발가락 주무르기 한 개당 | 20번 |
| 14. 발목 돌리기 | 80번 |
| 15. 양 발 부딪히기 | 100번 |

아침 식사를 하고 마당 겸 주차장을 한 바퀴 돌아보고 집에서 쉰다. 오후 3시 반쯤에 작은 오토바이를 타고 공원으로 가서 오토바이를 세워 두고 700보 걸어서 자전거 모양의 운동기구에 도착한다. 자전거 500회 돌리고 앉은 자리에서 몸풀기 20번, 다리 굴리기 50번, 옆에 손잡이 잡고 허리운동 20번, 허리 돌리기 50번, 옆에 두 발 딛고 그네뛰기 50번을 마치고 나서 공원 숲 속에 김영손씨가 만든 베니어 합판이 있는데, 그곳에 가서 땀을 닦고 조금 숨 쉬고 있다가 노래를 시작한다.

경기민요를 주로 하는데, 그 외에 까투리타령, 몽금포타령, 춘향전의 사랑가, 사철가, 쑥대머리, 유행가, 백세시대 등을 약 1시간가량 산이 떠나가도록 크게 노래한다. 크게 하는 이유가 있다. 나는 작은 폐를 가지고 있으므로 폐활량을 키우기 위해서이다.

그렇게 노래를 한 시간 가량 하고나서 밖의 길로 나오면 앉는 의자가 있는데, 그곳에 앉아 염불을 한다. 반야심경, 천수경, 회심곡, 제양경 등을 십분이나 이십분 하고 산길을 걸어온다. 걸어오는 길에 다리가 3개 있는데, 걷는 데마다 나무다리 난간을 잡고 허리돌리기 좌우 합하여 40번, 허리굽혀펴기 10번, 발차기 양쪽 40번, 세 곳을 합하면 허리 돌리기 60번, 팔굽혀펴기 30번, 발차기 120번이다. 걸어가면서도 노래를 한다.

　오고가는 도중에 유치원생, 초등학생, 중학생들이 나를 보고 인사를 하면, 내가 절값을 주기 위하여 호주머니에 든 사탕을 한 개 꺼내어 아이에게 주고 교육을 잘 시켰다고 그 어머니도 칭찬해 드리면서 사탕 하나를 드린다.

　나도 과거에 학교에 근무했기 때문에 아이들 인사하는 것이 좋아서 이렇게 하는 것이라고 설명을 한다. 교육은 선생님이 하는 것이 아니라 기초교육은 가정으로부터 나온다고 칭찬한다.

# 제7장
## 친척과 아름다운 인연

# 제7장
# 친척과 아름다운 인연들

## 1. 큰형수님

백씨(큰형님)의 고마움에 대해서는 앞에서 많이 소개하였으므로 그만 한다 하더라도, 큰형수님의 은공을 말하지 않을 수 없다.

큰형수님께서 대가족 집에 오셔 가지고 시동생 뒷바라지 하고 장가 보내서, 살림 내어 주시고, 내가 2살 때 오셨으니, 나를 큰형수님이 키운 것이다. 그러니 얼마나 그 고생이 많았을 것인가!

어머니 41살에 나를 낳으셨으니, 노산이라 젖이 없어서 또 동네에도 마땅한 젖이 없어 밥솥의 밥물을 먹고 내가 컸다고 들었다. 어머니께서는 하도 답답하여 '너가 밥 먹게 되면, 내 밥 안 먹고 너 주마. 잘 커라.'라고 하였다고 한다.

내가 밥 먹게 될 때부터는 할아버지와 겸상을 하였는데, 당시에는 농촌생활이 집집마다 가난하여 집에 상반밥(쌀을 위에 얹어 지은 밥)을 해 먹는 집이 120여 호 가구에 몇 집 되지 않았을 것이다. 우리집에서는 밥을 하는데 보리, 무, 조, 수수, 고구마, 때로는 바다의 톳 등과 같이 밥을 한다. 다 안친 가운데 쌀을 한 홉 정도 웁쌀을 얹어 밥을 한다. 보리와 쌀밥을 반반 정도 섞어 퍼서 할아버지 밥과 내 밥을 퍼고, 나머지 밥은 전부 섞어서 할머니, 아버지, 어머니, 형님, 조카들 14-5명의 대가족이 다 같이 먹었는데, 형수님들은 마루에도 앉지 못하고 부엌에서 먹었다.

나는 군대생활에서 밥 고생을 하였지, 그 외에는 평생을 밥을 섧게 먹어 본 적이 없다. 제주도의 훈련소에서도 면회 2번을 했고, 화폐 교환 전에 700만원을 가져갔지, 또 현금이 한번 송금되어 와서 다른 병사들에 비해서는 그리 먹는 고생을 많이 하지 않았다고 본다.

내가 학교 다닐 때 구조라 강습소 다닐 때부터 형수님께서 새벽밥 하시느라 그 고생, 일운국민학교 편입하여 1년 반 동안 새벽 밥, 통영수산학교 다닐 때 하숙비 가져오신다고 집에서 쌀을 이고 걸어서 거제 각산부두에서 아침에 출발하는 배 타기 위하여 오신 그 고생, 그리고 이고 거제로 오는 길에 산촌을 지나면서 명진 친정이 빤히 보이는 곳을 지났을 터인데, 그 아픈 마음이 오죽하였으랴!

거제 각산에서 배를 타면 통영 도착이 11시 반인데, 퍼뜩 왔다가 또 2시 반이면 돌아가는 배를 타야 되기 때문에 형수님의 동생 두 분이 통영군청, 통영교육청에 계셨는데도 찾아보지 못하고 가시곤 하였다.

내가 친구들을 좋아하기 때문에 중학교 친구들은 방학 때 데려와서 법석을 했다. 형수님의 속마음은 내가 알 수 없었겠지만, 얼굴 한번 변색없이 대접해 주셨으니, 그 친구들 역시 형님, 형수님의 고마움을 오랫동안 이야기 하곤 하였다.

내가 고현으로 이사 왔을 때도 짐을 이고서 망치 뒷산을 넘어 다릿골을 지나 삼거리, 문동, 용산을 거쳐서 30리 길을 걸어 와 주셨다. 일이 있어 고현에 오시면 자기 동생이 군청 내무과장, 교육청 관리과장으로 계셨는데도 한 바퀴 돌아보시고는 꼭 우리집의 좁은 방에서 주무시고 가셨다. 그후, 형수님의 딸이 상동에 살림을 하고 있었어도 우리집에서 자고 가신 그 마음을 당시에는 그리 깊이 생각지 못했는데, 지금 생각해 보니 참으로 감사하고 훌륭하신 형수님이 아닐 수 없다.

내가 젊던 시절에 그 은공에 대하여 고맙다는 말 한마디 제대로 올리지 못한 부분을 이제 와서 뉘우치며 백배 사죄 드린다.

내가 5살 경에 배가 아파서 형수님의 등에 업혔던 것이 생각나고, 코피가 자주 나오고, 자고 나면 간혹 코피가 나와 얼굴에 묻기도 하고 얼굴이 노랗고 해쓱하여 어머니께서 산에 가서 띠 뿌리를 캐어 와서 다려 먹었던 기억이 난다. 그후로는 코피가 나지 않았던 것 같다.

중학교 갈 때까지 내가 너무 사리판단이 늦었다고 생각하고, 한 일을 해 놓고 나면 잘 못했다고 후회하고, 또 생각이 모자라서 지난 뒤에 후회를 하곤 하였다.

내가 조카 여섯과 한 집에 살면서 특히 정자, 둘이에게 때리지는 안했어도 큰소리로 꾸짖은 것은 너무나 미안하다. 어린 조카들이 울곤 하면, '아이구 삼촌 온다.'하면서 애들에게 겁을 주시던 형수님이 생각난다. 그러면 조카들이 울음을 그치곤 하였는데, 왜 내가 그때 그랬을까? 하는 후회가 막심하다.

둘째, 셋째 형수님들의 수고와 고마움도 당연히 컸다. 그 고마움들은 앞의 큰형수님의 은공 소개를 미루어 충분히 짐작할 수 있을 것이라, 그만 줄이기로 한다.


## 2. 나의 처남 윤종태


집사람의 오빠인 손위 처남 윤종태는 나이는 나보다 세 살 적어도 나보다 어른스러운 데가 많았다. 군대에서 휴가 와서 집사람과 맞선 보는 자리에 동석하여 첫인사를 하였다.

처남은 교사생활을 오래하다가 사업을 크게 하고 있으며, 도교육의원회 의장을 맡기도 했다.

내가 몸이 아파 갈팡질팡할 때에 자신의 학교 업무가 바쁜데도 불구하고 우울증에 걸려있는 나를 위로하고 부산대학병원 입원 수술할 때까지 뒷바라지와 위로를 하여준 나의 처남 윤종태의 고마움을 내 눈 감기 전까지 잊을 수 없으리라. 또한 내게 돈을 이자도 없이 빌려 준 고마움도 있다. 뿐만 아니라 우리 집 연탄가스 사건 때에도 자기 바쁜 일을 팽개쳐두고 수습과 뒤처리를 말끔히 끝내주어서 참으로 감사했다.

경상남도 교육의원회 의장으로 계실 때에 나의 친구이자, 처남의 윤씨 일가인 윤병도씨를 자비로 일본으로 찾아가서 병도씨 모교인 계룡초등학교 도서실을 준공하였는데, 도서실에 들어갈 집기를 협찬 받아 왔다. 지금도 계룡초등학교 도서실에 가면 집기 기증자인 윤병도 이름이 표기되어 있을 것이다. 이러한 것도 윤종태 의장의 거제 교육에 관한 열의에 의하여 이루어진 것이라고 본다.

그때 윤병도 회장에게 감사패가 수여되었는데, 윤종태 의장이 큰 역할을 한 공로자였다. 그 수여식에는 학교장 이하 직원들과 통수동창회장 이하 임원들, 윤종태 의장, 그리고 당사자인 윤병도 내외분과 그의 사촌인 윤병홍씨가 참석한 가운데 열렸는데, 사회는 내가 맡았었다.

그런데 지나고 보니, 그날의 사회가 참으로 잘못되었다는 후회가 든다. 윤종태 의장의 역할과 노고에 대한 설명과 칭송이 빠져버린 것이다. 참으로 미안한 마음이다. 윤병도 회장이 쾌척한 통수동창회 기금 1,500만원은 내가 윤병도 친구에게 부탁하여 협찬받은 것이다. 그날 그 자리에서 동창회의 감사패도 윤회장에게 증정되었다.

# 3. 조카 성호

셋째 형님은 맨 위로 아들 성호를 두었고, 아래로 딸 여섯을 두었다. 성호가 망월국민학교를 졸업할 무렵에 아들 성호를 중학교에 보내지 못하겠다는 형님, 형수님의 말이 있었다. 그때 내가 교육청에 근무할 때라 입학등록금은 내가 낼 테니까 중학교에 보내자고 이야기 했다. 성호가 국민학교 성적도 좋았으므로 그냥 공부를 끝내기는 당연히 아까운 것이다.

내가 입학금을 내어서 지세포중학교에 입학시켰는데, 공부를 꽤 잘 하였다. 그럭저럭 학교에 다니는데, 내 형편이 어려워져서 2학년 1학기 등록금까지 대어주고, 그 다음은 대어주지 못하였다. 형님, 형수께서 갖은 노력 끝에 졸업을 시켜 거제고등학교에 진학하였다. 공부를 잘하여 우등으로 졸업하고 나는 몰랐는데, 경북사범대학으로 지원을 하였다. 뒤에 소식을 들으니 2차로 합격하였다는 통보를 받았는데, 형님 내외께서 거리도 멀고, 학비조달이 힘들 것 같아 못 보내고 한 해를 놀게 되었다.

망치에 있는 성호를 고현의 우리집에 데려와서 학무과장 김종안씨 아들하고 둘이 고현성뒤 옛날 진정오 교육장 농장의 관리사에서 약 한 달간 공부하게 하였다. 그리고 둘이서 부산교육대학에 시험 치러 갔는데, 그후 소식을 못 듣고 있던 차 학무과장님이 출근을 하더니만, 우리 김신경이는 교육대학에 합격을 하였다는 통보를 받았다고 말씀하시면서 "김주사 조카는 어찌되었냐?"고 물었다. 나는 아직 모르고 있다고 대답을 하고 점심때가 되어 집에 와서 부산교대에 전화로 성호의 수험번호를 대면서 문의하니 합격되었다는 답을 들었다.

점심 먹고 교육청에 출근하여 내 조카도 합격되었다고 자랑스레 말하였다. 내 조카의 합격이 내가 벼슬한 것처럼 자랑스러웠다.

조카 성호가 교대에 졸업을 하고 교사로 발령받아 선생이 되었는데, 어느 날 "삼촌! 내 학교에 와서 교장 선생님에게 전근관계 이야기를 좀 해달라."고 전화가 왔다. 약속한 날짜에 부산 모라국민학교에 찾아가니 여자 교장선생님이 참 친절하시고 자상하였다.

자초지종 성호의 전근에 대해 말씀드렸더니, 교장 선생님이 "똑똑한데, 입바른 소리를 잘 한다."며 잘 알겠다고 하였다. 그리고 환담을 나누고 내려왔다.

인사이동 때에 다행히 대신동의 보수국민학교로 전근 발령

되었다고 연락이 왔다.

그 뒤에 결혼문제에 대해 조카가 이야기를 하는데, 같은 학교에 근무하는 여자친구가 있는데, 처녀 아버지는 부산의 초등학교 교장이고, 큰 사위는 대학교 교수인데, 가정에서 모두 내 조카와의 결혼을 반대한다는 이야기를 들었다.

그러던 차에 성호의 전화가 왔다. "삼촌, 여자의 아버지 학교에 가서 한번 만나 달라."는 부탁이었다. 약속날짜를 잡고 학교로 찾아가 교장실에 성호와 같이 들어가서 인사를 하였다. "제가 김성호 삼촌되는 사람이라."고 말했더니 앉으라는 말 한 마디 없고, 대답도 없고 그냥 앉아 있다가 교실을 둘러 봐야 된다면서 그냥 나가버렸다. 나와 성호는 우두커니 서서 너무도 당황스러웠다. 우리도 그냥 그대로 뒤따라 나와 말도 없이 돌아 나왔다.

그때 내가 서울로 출장을 갈 때라 서울에서 밤에 성호에게 전화를 하였다. "사람이란 도리가 내 생각과 다르니, 결혼하지 마라."라고 했다. 그리고 주위 친구들도 결혼 하지마라고 말리는 말을 많이 했다는 것이다.

그런데 성호의 고집도 만만찮아서 '내가 이기겠다.'는 마음으로 끝까지 밀어붙였던 것 같다. 어느 때인가 난데없이 교육청으로 전화가 왔는데, 부산에 있는 성호의 여자친구 이름을 들먹이면서 애 아버지라고 하였다. 그때가 여름방학이었던 것으로 생각되는데, 해금강에 왔다고 전화가 걸려 왔다. 갑작스레 전화를 받고 망치의 성호에게 전화 연락을 하고 내가 택시를 대절하여 성호를 구천동에서 태워 해금강에 가니, 여친의 아버지 안 교장과 동행교사 3명이 있었다. 서로 반갑게 인사하고 해금강에서 어선을 3만원 주고 대절하여 망치의 성호집으로 갔다.

당시 우리 형제간 백씨, 중씨, 성호 아버지, 그리고 나, 넷과 여친의 아버지 안 교장과 대동 3인 같이 앉아 서로 이야기를 나누며 점심을 같이 먹고 걸어서 구천동까지 오면서 참 경치가 좋다며 좋은 인상의 마음을 표시하였다.

구천동 삼거리의 다리까지 걸어와서 나는 고현으로 걸어왔는데, 자기들은 거제로 걸어서 갔는지 어쨌는지 기억이 나지 않는다.

그 뒤에 또 갑자기 고현시장이라면서 안 교장께서 전화를 걸어왔다. 즉시 내려가서 맞아 인사를 나누고 좋은 식당으로 가자고 권유하였는데, 모든 것을 사양하여 선술집에서 술을 한 잔 나누고 헤어졌다. 그때 안 교장은 직원 3명과 같이 왔었다.

부산의 성호가 12월 5일 남포동 다방에서 만나자는 연락이 왔다. 그 어떤 전화라고 안 갈 수 있겠는가? 만사 제껴놓고 장승포에서 배를 타고 부산 남포동에 내려 그 다방을 찾아갔다. 성호와 안 교장 같이 서로 인사를 하고 내가 점심 자시러 가자고 하였더니, 안 교장이 왜식집에 가자고 하였다.

남포동의 어느 골목에 있는 왜식집에 세 사람이 앉았는데 나는 그때 술을 끊고 있던 때였다. 하청중, 고등학교 근무하면서 무원 선생님과 같이 있을 때에 술을 안 먹기로 각오한 것이 7년째가 되고 있었다.

그날은 성호 결혼과 더불어 분위기 조성을 위하여 술을 안 마시면 안 되게 되어 있었다.

한 홉짜리 정종이 들어 왔는데, 안 교장 한 잔, 내 한 잔 하여 얼마나 마셨는지. 5, 6병 먹었는가? 그래도 나는 정신이 멀쩡하였는데, 안교장께서 그만하자는 말씀에 술을 더하지 않고 성호 결혼문제 이야기 등등을 나누고 헤어졌다. 왜식집의 점심값이 얼마나 나왔는지 모르겠는데, 내가 성호에게 얼마간의 돈을 주면서 계산하라 하였다. 그러고 나는 배를 타고 거제로 내려왔다.

그로 인해 결혼은 성사가 되었고, 성호는 이후에도 계속 노력하여 부산에서 최고인 교대부속초등학교 교장까지 지내고

정년퇴임하였다. 퇴직 이후에도 부산교대 총동창회의 총무를
하면서 열심이었는데, 죽을병에 걸려 정년퇴임 3년 만에 저 세
상으로 갔다.

참으로 똑똑하고 영리하였는데, 너무나 안타깝고 그립다.


## 4. 하숙생활


### 고종사촌 누님

교육구청 교육세 징수직원으로 있을 때는 출퇴근 시간의 제
한을 받지 않았기 때문에 망치에서 고현까지 3년을 걸어서 출
퇴근 하였다.

교육세 징수업무가 끝이 나고 내무에 근무하게 되니, 출퇴근
시간을 지킬 수밖에 없었다. 부득이 고현에서 하숙을 하게 되
었는데, 문동의 고종사촌 누님 댁에 있기로 하였다.

그 누님은 아들 둘을 두고 있었는데, 큰아들은 이한석으로
그때 사업을 했고, 둘째는 이원재였는데, 머리도 영특하고 공
부도 잘하여 거제고등학교 장학생으로 있으면서 부산교대(2

년제)와 부산수대(4년제) 두 곳에 합격을 하였다. 수대를 가서 4년 동안 장학금과 어머니 형편이 어려우니 학비 보탤 형편이 못되어 독학으로 수대를 졸업을 하고 통영수전 교수로 발령받아 근무하고 있을 때 국비유학선발시험에 3인중 1인으로 합격하여 일본에 건너가서 공부하여 농학박사(미생물 연구)를 받고 귀국하였다. 부산수대 교수로 죽 근무하다가 정년퇴직하였다.

고종사촌 누나는 젊어서 혼자되어 아이 둘을 키우시면서 고생을 많이 하신 분이다. 내가 누님 댁에서 누님께 신세를 끼쳤는데, 그 뒤에 대접도 한번 못한 것이 지금 와서 후회스럽고 죄송하기 한량없다. 나는 그때 너무 몰랐던 것이 이제 와서 반성하고 보니, 버스 지나가고 손든 격이 되고 말았다. 누님 그때 참으로 감사했습니다.


## 윤지수 집

그 누님 댁에서 하숙하다가 뒤에 상동 윤지수 집에 하숙하게 되었다. 윤지수의 집은 칠원윤씨로 나의 처가와 같은 집안이며, 또 아버지 성함의 돌림자 항렬이 '종'자로 나의 처남들과 같은 항렬이라, 아버지가 정답게 '제매'라 부르면서 나에게 참으로 따뜻하게 잘 해주셨다.

윤지수의 아버지와 어머니는 너무나 인정 많고 다정다감하신 분들이셨고, 또 부지런하기로 이름난 사람들이었다. 내가 형수님으로 불렀던 어머니는 자그마하신 분이신데, 아주 사근사근하고 항상 웃는 낯으로 사람을 대하여 친절이 넘쳐흘렀다.

그분들의 옛날이야기를 들은 적이 있었다. 막 결혼을 하여 살림을 나와서 살림 모은 이야기를 하시는데, 두 분이서 잠을 한두 시간 잘까말까 하다가 일어나서 새끼꼬기, 가마니짜기 등 돈이 될 만한 일은 안 해본 것이 없다고 하였고, 그로 인해 논을 하나 사고, 두 번 사고 하니 너무나 즐겁고 행복한 마음이었다고 하셨다.

아버지 윤종수씨는 소달구지를 하셨는데, 두 내외가 밤낮을 가리지 않고 새끼와 멸치 너는 가마니를 꼬고, 짜서 소달구지에 싣고 고현에서 삼거리, 다리골재, 소동을 거쳐서 지세포 멸치 어장막에 팔고 오시는데, 초저녁에 달구지 하시는 일행이 모여서 같이 다녀오곤 하였다고 하셨다. 그 돈으로 논을 사서 재산을 모았다고 했다.

그리고 보니 내가 군대에 가기 전에 삼거리 심원암에 있었는데, 밤이면 건너편 길에 소달구지와 사람들이 가는 소리를 들었던 기억이 났다. 내가 하숙할 때도 소달구지가 있었다. 살림이 따뜻했기 때문에 그 당시 윤지수를 부산에 공부시킬 수 있었을 것이다.

2남 3녀를 두었는데, 큰 아들 윤지수를 우리 백씨(맏형님) 둘째 딸과 중신하기로 마음먹었다. 집안사람들도 좋고, 살림도 시골 부자이며, 또 지수도 부전자전이라 똑똑하고 착실하여서 나의 집사람과 의논하여 윤지수를 백씨의 둘째 사위로 맞이하게 하였다.

뒤에 윤지수는 신현면에 근무할 당시, 둘이서 상론하여 경남도 교육의원회로 옮겨 근무하였다. 부산에 있을 때에 처남인 김강호가 공부하는데 물심양면으로 많은 뒷받침 한 것으로 알고 있다. 경남교위 인사과에 오래 근무하였고, 후에 정년퇴임하여 고향인 거제로 와서 노모를 모셨고, 신현신협이사장을 4년간 역임했다.

## 5. 아름다운 인연들

### 정형진

하청 농고에 있을 때에 서무실에 들어가니 문교부에 있는 정형진이라는 분께서 경남도 교육청에 오셔서 나를 찾는 전화가 왔었다고 하였다. 나는 속으로 '이상타?'하면서 그냥 맘속으로만 두고 있었다.

그 뒤에 교육청으로 발령받아 가서 옥치상 교육장님과 도교육청으로 출장가서 남포동 송미장 여관에 같이 자면서 그 이야기를 하였더니, '그럼 내일 전화해보라'하였다. 그래서 전화를 하니 아니나 다를까 망치로 피난 와서 내가 천자문을 가르쳐주고, 나중에 국민학교 졸업장을 만들어 주었던 그 정형진이 아닌가? 너무나 반가워서 간단한 전화를 마치고 뒤에 자주 전화연락을 하였다.

서울에 출장 갈 일이 있어서 간 김에 찾아가 만났는데, 너무 반갑게 맞아 주었을 뿐 아니라 대접을 잘 받았다. 돌아오려고 서울역으로 가려하니, '형님, 이렇게 가시면 아니 되고, 비행기 타고 가셔야 된다.'고 하여 그가 일부러 나와 택시를 같이 타고 김포공항에서 표까지 끊어 전송해주었다. 그때 동생 형진의 덕택으로 처음 비행기를 타 보았다.

그 뒤에 집사람과 같이 서울에 가서 정형진의 집에 갔더니, 잘 꾸며놓고 살고 있었다. 자기 방에다가 침구를 펴고 우리 내외 잘 자라고 하여서 대접 잘 받고 내려오기도 했다.

정형진은 문교부 보통교육국장을 지냈고, 교원공제회 이사장까지 지내다 정년하여 이제 집에서 여생을 잘 보내고 있다. 그의 부인은 교장으로 정년하였다.

2014년에 내 몸 아프다고 누나인 정길순과 형진 내외가 우리집에 같이 왔었다. 올 때 쇠고기를 가득 사 왔었는데, 집에서 같이 밥 먹고, 거제관광호텔에 하룻밤을 자고 귀경하였다.


## 전도봉 장군


해병대사령관을 지낸 전도봉 장군은 내가 구조라국민학교 강사생활을 하고 있을 때에 1학년으로 입학하였다. 둘째형님이 전원병(당시 헌병사령부 문관)으로 그는 집안의 막내였다.

전도봉군은 내가 담임을 하고 있을 때에 공부도 잘할 뿐만 아니라 눈망울이며 몸매도 탄탄하며 똑똑하고 또렷한 학생이었다.

2학년이 되었을 때 부산 형님 댁에서 공부할 것이라고 부산으로 전학 갔다. 그때 내가 서류를 작성하여 준 것이 지금도 환하게 생각난다.

전 장군의 큰 형님이나 가족들은 내가 잘 알고 있다. 셋째형인 전규봉씨는 나와 일운국민학교 동기생이다. 그로 인하여 전도봉은 규봉 형으로부터 내 이야기를 들어 나를 더욱 잘 알고 있었을 것이다.

그러고 있던 차에 망치 3째 형님의 둘째딸의 둘째 아들이 포항 해병대에 있었는데, 군 복무에 애로가 있다고 들었다. 하여 나의 동기 전규봉에게 같이 포항에 한번가자고 부탁하였더니, 쾌히 승낙을 하여 둘이서 포항 해병대 사령관을 찾아갔다.

사령관실에 가니 참으로 대단하였다. 만나서 옛날의 학교 이야기도 하고 내 형님의 손자 이진홍이가 근무하고 있는데, 도저히 어려워서 못 있겠다 옮겨달라는 애로사항을 전했다.

그 말을 들더니 전도봉 사령관은 그 부대가 얼마 전에 사고가 났던 곳이라며, 즉시 전화를 들더니 뭐라고 말을 하였다. 그러더니 잘 알겠다고, 자기가 챙겨보겠다고 했다.

사령관의 방에서 나올 때에 커다란 유리로 된 필묵통을 기념 선물로 받았다. 해병대 사령관 중장 전도봉이 새겨져 있었다.

전장군이 고향에 와서 시장 후보로, 또 국회의원 후보로 와서 찾아주었다. 너무나 반가웠고, 명절에 선물까지 보내 주어서 감사했다.


## 김동균


김동균은 망치 김정실씨의 자제로 김군의 부친은 우리 형제와 형님, 형수하면서 지내 온 분이시다.

김동균 제자가 입학 당시 나이가 많아서 동생 명의로 구조라 학교 1학년에 입학하였는데, 머리가 특출하여 공부도 잘 할 뿐만이 아니라 인성도 좋아 친구들에게 유대도 좋았다.

당시에 이북에서 피난 나온 학생(위탁생)이 별도로 학급편제하여 같이 수업을 하였는데 학교 전체 학년별 시험을 쳐서 전체 성적을 내는데, 우리 학급이 3등 한 것도 우리반 아이들이 공부를 잘 했던 탓이다.

그후에 동생명의로 되었다는 말을 듣고서야 학적부 일체를 정정하여 교장 선생님의 결제를 득하여 동균 명의로 정리하여 주었다.

동균은 객지 생활을 하여 오랜 세월을 서로 잊고 있다가 동균이 고향에 와서 장질(조카) 상권에게 나의 주소와 전화번호를 알아서 명절시기에 전화가 왔다. '선생님 한번 찾아뵙고 싶다.'고 하였다. 내가 '뭐 전화를 자주하지, 굳이 찾아오고 할 필요가 있나?' 하였더니 그해 명절에 한라봉 큰상자와 쇠고기 상자를 들고 내외간에 집으로 찾아왔다.

지난 추억의 이야기와 자기 학적부의 이름을 고쳐주어서 고맙다는 감사 인사를 하였다. 아직도 그 고마움을 잊지 않는다면서 우리집을 다녀갔다. 그 뒤로도 명절마다 한라봉 상자를 보내오니 감사하기 그지없고, 또 나도 받기만 하는 것이 미안하여 나의 아들이 망치에 가면 그 편으로 조그마한 답례를 보내곤 한다.

동균 제자, 감사하고 어머님께 효도하고 가정에 만복이 충만하기를 빈다.


## 통수 동기들

고맙고 친한 통영수산학교 동기들이 많이 있으나, 그 중 몇 분을 소개하지 않을 수 없다.

첫 번째로는 작고한 윤병도 회장이다. 윤회장은 용산 출신으로 학창시절에 도일하였다. 일본에 가서 고생 끝에 큰 성공을 거두었으며, 애국심과 애향심이 참으로 대단하신 분이다. 조국을 그리워하여 무궁화공원을 일본 사이타마현에서 세계 최고의 규모로 조성하여 운영하였다. 최근 우리나라의 산림조합 중앙회에서 무궁화공원의 무궁화축제를 돕기로 확정하였고, 그 기념행사를 가졌다고 들었다.

윤회장은 고향을 사랑하여 많은 재산을 거제시에 희사, 기증하였고, 모교 등에 집기와 기금을 전달하기도 하였다. 오래 전에는 통수 동기 많은 친구들을 일본으로 초청하여 크게 대접한 일도 있는, 참으로 대단한 분이시다. 학창시절부터 나와 절친하여 거제에 올 때에는 먼저 내게 전화하여 내가 그의 일정 내내 동반해 준다. 건강이 좋지 못하였는데, 일찍 가서 참으로 안타까운 마음이다.

대구에 계시는 통수동기 김상식씨는 나의 군대 이야기에 많이 소개되었다. 내가 제대하는데 결정적으로 도와주었다. 나보다 세 살 위라 90의 나이인데, 아직까지 공원에 나가 친구들 만나 놀다가 점심 먹고 난 다음에 다방에 들러 놀다가 집에 와서 혼자 밥을 지어 먹는다고 하였다.

자식들이 부자로 잘 살고 있으며, 나랑은 자주 전화통화를 하고 있다.

서울에 사시는 신용주씨는 고현 출신으로 86세이다. 국회사무처 내무전문위원으로 재직하시다 정년하시고 넓은 아파트에 현재 혼자 살고 있으며, 큰아들은 무역회사를 운영하고, 둘째는 은행에 중역으로 근무하고 있다. 국회 근무시절에는 고향의 일이 있으면, 여러 가지 챙겨주는 모습을 많이 보았다. 나와 절친도 하지만, 내가 존경하여 말을 평대하지 않고 항상 올려서 대화한다.

전남연씨는 88세로 통영에 살고 있다. 교육청장학사를 거쳐 학교장으로 정년하셨다. 아들을 두었는데 약사를 하고 있으며, 아버지 병간호에 적극적이다. 혼자된지 오래되었는데, 현재 아들집에서 생활하고 있다.
병원에서 수술을 많이 하여서 건강은 성치 않아도 정신을 확고히 하여 건강을 지키고 있다.

# 6. 최근의 생활

80대 중반이 넘어서자 몸의 변화가 오기 시작했다. 먼저 보행에 지장이 생겼다. 척추관 협착증이 생긴 지는 약 15년 되었는데, 그래도 그럭저럭 사회생활을 하면서 친구도 만나고 동료들도 만나 술, 밥 대접도 받고 나도 대접하였는데, 몸이 불편하여 바깥나들이를 줄여서 집에 있게 되니 그리 많던 동료 친구들 소식이 단절되고, '내가 언제 친구, 동료들이 있었던가?' 하는 느낌이 들었다.

그 동안 내가 살아오며 나의 잘 못한 점을 곰곰이 따져 보곤 하는데, 잘 한 것은 생각이 별로 나지 않고 부모, 형제, 일가친척, 동료들에게 잘못한 점은 생각이 나곤 한다. 그러나 그것은 버스 지나가고 나서 손드는 격이라, 후회한들 소용없는 일인 줄도 안다. 옛날 부모님께서 하시는 말씀, 형님들의 말씀이 잊히지 않고 생각나는 것이 많다.

내가 걸어 나오는 동안 심적 고충을 겪었던 일이 있었다. 나는 바로 걷는다고 아무 편파도 없이 걸어가는데, 그런 나를 달리보고 애먼 말을 할 때, 그 사람을 잡고 시비할 수도 없어 힘들었다.

하는 수 없이 내 마음 속으로 '응! 너희들 그 정도냐!' 하면서 대꾸도 시비도 하지 않고 '하늘이 내려다본다.'라는 마음을 가지고 그 순간을 3번 겪고 넘겼다.

내가 생각지도 않은 애먼 말을 들으니 분하다는 마음의 고통이 3~4일 가는데, 하늘이 내려다본다는 너그러운 마음으로 해소하고 난 다음에 '아. 이거 이래서는 안 되겠다.' 라는 각오로 사회와 거리를 두고 홀로 즐거움을 찾자고 각오를 하여, 오토바이로 공원놀이로 마음을 돌리기 시작하였다.

그리고 보니 친구도 멀어지고 사회소식도 모르고 지내니 속은 아주 태평성대의 극락이 되고 또 스트레스라는 것도 없이 참으로 기분이 난다.

텔레비전이나 사회 분들의 말에 의하면 친구가 있어야 된다는데 나는 사회에 싫증을 느끼고 믿는 도끼에 발등 찍힌 사람이 되어 그런지 그런저런 생각없이 혼자 조용히 지내는 것이 너무 좋다. 그것도 내 취미를 개발하여 지낸 탓이라고 본다.

# 제8장
# 살림살이와 여러가지 활동

# 제8장
# 살림살이와 여러 활동


## 1. 살림살이


1957년 음력 8월 11일 고현으로 제금(새살림)을 나왔다. 그때 용호 나이는 2살이었고, 나는 27살, 아내는 22살이었다.

부모님에게 받은 재산은 작은 구릉논 300평, 밭 375평, 산 4,000평을 받았다. 고현으로 이사 올 때는 쌀 한 되, 보리쌀 10 되, 수저와 밥 해먹을 솥을 망치의 윤치원 아버지(윤영기씨)께 서 바지개에 담아 지고 고현의 상동부락 정봉상씨 집에 살림 을 처음 시작하였다. 당시의 고현은 허허벌판이었다. 하숙할 데도 없고, 장사도 거의 없을 때였다.

내가 직장에 들고는 교육구청이 장승포 있을 때 윤형택 선생

어머니 댁에서 하숙을 하였고, 교육구청이 고현으로 옮겨와서는 문동의 고종사촌 누님댁(이한조 조카)에서 하숙을 하고, 세번째는 상동 윤종수씨(윤지수 아버지)댁에서 하숙을 하였다.

정봉상씨댁으로 첫 이사한 뒤에도 몇 번을 셋방으로 이사다녔다. 두 번째로 장이호씨댁, 세 번째로 김정윤씨댁(교육청 앞), 4번째 고현 김신태씨댁, 5번째 김상용(김태준 아버지)씨댁으로 이사 다니면서 '내 나이 30이 되면 집을 하나 장만한다.'는 각오로 생활을 하는데, 다행히 집이 나와서 사게 되었다. 집의 소유자가 군청에 근무하시는 제익근씨 집이었다.

그 집을 계약하는데, 4만4천원에 계약하였는데, 전화기 값을 포함하여 45,400원으로 정하였다. 그 집 살 때 백씨께서 돈 만원을 보태 주어서 다행히 빚 없이 샀다.

그 집은 기와집으로 재목은 둔덕에서 가져와 지었다고 했다.

그 집을 사고 나서 집사람은 하숙도 치고, 처갓집에서 돼지한 마리를 얻어와 키우면서 조금씩 저축하여 나갔다. 2년 후에 지금 둘째 아들의 5층 건물이 있는 자리에 있던 집을 사게되었다. 그 집은 근처 조카 상권의 외삼촌이 전세로 사시는 집의 소유자가 용산에 사는 신씨인데, 매도한다는 말을 듣고 살던 기와집은 그대로 둔 채 그 집을 계약하여 1961년도인가 집값이 111,400원을 정하여 구입하였다.

고현 204번지 기와집에 있다가 대로변의 208번지, 도단(함석)집으로 이사하였다. 그곳에서 집사람이 장사를 시작하였다. 신발, 술도매, 기타 소모품 등의 장사를 시작하였고, 동시에 하숙을 쳤는데, 김수영 교장, 옥정호 교육장, 윤용남 교장, 권대현 교장 되신 분들이 우리집을 거쳐 가셨다. 물론 당시에는 교사였었고.

그러던 차에 김상용씨, 김봉조(교육청 운전기사), 나, 세 사람이 '방앗간이 고현에 없는데, 같이 동업을 한번 하자.'고 의논이 되었다.

연사의 방앗간을 판다는 말이 있어서 그곳에 가서 보고, 방아도 찧어보고 하다가 결국 고현의 동문(지금 내가 사는 곳)으로 방앗간을 옮겨 짓기로 하고 밭을 사서 옮겼다.

그리고 3인이 방앗간을 공동으로 운영을 하니, 의견에 차이가 나기 시작했다. 그래서 세 사람 중에 한 사람이 맡기로 하였는데, 서로 하지 않겠다고 했다. 집사람과 의논을 하니, 집사람은 우리가 맡자고 나섰다. 투자된 돈의 2/3를 주고 우리가 인수하였다.

방앗간 기계가 세운엔진 25마력이라 기술자가 아니면 운영하기 힘들었다. 따라서 기술자를 월급을 주고 고용하여 집사람과 같이 방앗간을 운영하였다. 방앗간에서는 쌀, 보리, 밀가루, 솜타기, 고춧가루, 기름짜기, 떡하기 등 각종 것을 다하였다. 일이 많았다.

설명절이 되면 떡 하느라 밤을 새고, 아침에 주머니에서 돈을 꺼내 세면 물 묻고 떡 붙어서 돈이 붙어 있곤 하였다.

그 당시에 처음에 샀던 기와집은 팔아지지 않을 때였던가? 교육구청 공사를 하고 계시던 홍학수 사장님께서 돈을 좀 차용해달라는 부탁을 받고 계약도 없이 육십만원을 빌려드렸다. 그런데 약 2년이 되어도 돈이 나오지 않았다. 홍사장님이 하는 말씀이 돈 대신에 집을 한 채 지어 주겠다고 이야기했다. 그럼 그러자고해서 고현리 155번지(지금은 팔았음 )에다 집을 지어 주었다. 돈도 얼마 없고 다만 60만원으로 처리하였다.

그 집이 나와 집사람이 처음 지은 집이다.

두 번째로 지은 집은 155번지 맞은편에 2층 스라브에 기와를 올려 멋지게 지었다. 이 집은 큰아들이 원룸주택으로 다시 지어서 살고 있다.

세 번째는 2층 스라브집 맞은 편에 원룸건물(아량빌)을 지어서 이사를 하였다. 2층 스라브집은 큰아들 용호가 살고. 이 아량빌은 막내아들에게 주었다.

네 번째는 집 아래에 있던 밭에 4층 원룸(방 15개)을 지어서 살다가 딸 둘에게 주었다. 다섯 번째로 2층 건물을 지어 사는데, 이는 사실 셋째아들인 찬호의 몫이다.

망치에서 고현으로 제금 나와 셋방 이사를 6번, 집을 두 번 샀고, 집을 다섯 번 지었다.


집 두 번 사고 처음으로 집을 지은 고현리 155번지에 벌통을 놓았다. 그때 대지는 180평이고, 그 중앙에 집을 지었다. 가옥은 슬레이트 집으로 거제 홍학수 사장께서 내가 60만원 대여하여준 그 금액으로 약 25평 정도의 집을 지었는데 사립에서 들어오는데 철재로 터널을 만들고 그 위에 멍나무를 올려 여름이 되면 그 아래가 시원하였다. 가을이면 멍과 감을 따먹는 재미가 참으로 쏠쏠하였다.

앞 뒤로는 감나무, 유자나무가 심어져 우거졌고 앞에는 조그마한 못을 만들어 붕어가 있었고, 장어까지 잡아 넣었다. 가을이면 국화가 만발하여 국화향이 집안을 감쌌다. 그 당시에는 소동의 고종사촌 제매로부터 벌을 한통 받아서 망치 셋째 형님 댁에다 두었더니 형님께서 말씀하시기를 벌이 벽에 똥을 싸서 키우지 못하겠다고 하여 고현 집으로 가져와 집 뒤 감나무 옆에다 두었다.

어찌된 일인지 그해 겨울초에 벌통안을 보니 체(됫박 모양)

9개에 꿀이 가득 차 있었다. 너무나 놀라웠다. 그때 우리 두 내외가 합심하여 됫박(벌집) 7개를 가져와서 벌꿀을 채취하니 너무나 많았다. 2개는 벌들의 겨울양식으로 두고. 그것을 두 홉들이 소주병에 넣어 큰집, 작은 집, 모두 5개를 나누어 드리고 나머지 다섯 되 정도 되는 것을 내가 전부 먹었다. 다음해에 벌의 새끼들이 나서 분봉한다고 난리였는데, 내가 처리를 잘못하여 다 날려 보내버리고 큰 통에만 벌이 살아 있었다.

여름에도 꿀을 떠먹는다는 말을 듣고 6월경에 벌꿀 두 되를 더 떠먹고 그냥 덮어 두었더니 나중에 꿀은 차지 아니하고 거미줄만 쳐 있었다. 그리고 나서 차차 벌의 활동력이 약해지더니 그로서 벌들이 모두 없어졌다.

뒤에 알고 보니 벌꿀은 위에서 안전하게 통을 들어내야지 타없애든가 하면은 되지 않는다는 말을 들었다.

지금도 벌꿀하면 내가 옛날에 키우던 토종벌꿀 생각이 절로 나고 있다. 요사이 시장에 삼만원, 이만원 허연 벌꿀을 많이 보는데, 그것을 사먹지 않고 양봉 벌꿀 진짜라 하여 6병에 25만원 짜리 사서먹고 지난해는 고현중학교 재직 선생들의 친목회인 6.8친목회 총무 김원식(교장퇴직)에게 부탁하여 2014년 6통(1상자), 2015년도 가을 김원식 교장의 제자 울산 안효석 사장에게 가을 잡종꿀 6병(1상자)을 구입하여 먹고 있다.

항상 내 마음이 찐자 꿀 하면서 생각에 매료되어 있다. 지금 진짜 꿀 토종 벌꿀이 생각나서 막내 자부의 친구집 산청에다 가 한번은 병당 2만5천원 짜리 6병을 사 먹고 뒤에는 68친목 회 총무가 벌을 봄에 구입하여 떠 먹고 겨울에는 도로 벌을 구 입처에 반납한다는 소식을 듣고 진짜 꿀을 주문하여 먹었다.

155번지 그 집에서 연탄중독 사고가 있었다. 아랫채 셋방에 서 연탄가스로 사람이 셋이나 죽었다. 가뜩이나 여린 가슴의 내가 얼마나 황망하였겠는가? 나는 조갈로 속이 타고 정신이 없었는데, 손위 윤종태 처남이 와서 뒤처리와 수습을 하였다. 너무나 감사했다. 나 혼자서 그 일을 어떻게 하였을까를 지금 생각해 봐도 아찔하다. 가까운 처남인데도 내가 그 고맙다는 말을 제대로 하지 못하였구나!

문동의 고종사촌 누나의 둘째 아들 이원재 조카가 당시 통영 수산전문학교 교수로 있으면서 물심양면으로 나를 도와 그 고 통을 덜어 주었다. 또 일가이신 마산의 김한규 형님께서 변호 사 사무실 사무장으로 계실 때에 오셔서 나를 위로하고, 서류 등등을 작성하여 경찰서 등에 제출하여 주신 고마운 일을 제대 로 보답하지 못하였다. 참으로 죄송한 마음이다.

사람이 급하면 지푸라기도 잡는다고 하였는데, 일이 벌어지니 부끄러움도 없이 도움을 청하고, 그럭저럭 해결되고 나니 인사도 못하고 잊은 것 같아 아직도 마음이 아프다.


## 2. 동창회와 사회단체


### 궁도

내가 궁도를 시작하게 된 동기는 고현중학교 재직시 학교 옆 계룡사 절 옆에서 시내 유지님들께서 궁도를 하고 계셨다.

아침에 운동하시고 오후 2-3시 경에 회원들이 모여 궁도 운동을 하셨다.

내가 토요일 오후 귀가시에 여가가 있어서 활터에 가보니 아는 분들이 많았다. 그분들이 '같이 한번 운동을 해보자'라는 말에 승낙하고 같이 회원이 되었다.

자체 행사로는 입회하였을시 입회 자축대회를 여는데, 집에서 점심과 음식을 장만하여 회원들이 즐겁게 먹을 수 있도록 준비하고, 또 상품도 1등 1명, 2등 2명, 3등 3명, 그 외 모든 참가자에게 참가상을 준비한다.

이 궁도도 생활체육의 종목으로 전국대회 및 시, 군 대회가 있는데, 시장기배 대회를 하면 도 관내 각 궁도장에 연락하여 참석토록 권유하고, 연합회장배 대회, 시, 군 회장배대회 등 많은 대회가 열린다. 그리고 각 도의 문화축제 개최시에는 대부분 궁도대회가 열려 년중 참으로 많은 궁도대회가 열리는 것이다.

과녁은 세로가 8자, 가로 6자로서 직사각형이며, 거리는 145미터로 화살이 날아가서 과녁 어느 곳이든 맞히면 되는 것이다.

내가 참석한 곳은 서울의 황학정, 인천상륙작전 기념 전국대회인 제물포에 가서 6등을 하여 금뱃지 반돈을 받았고, 전주 대사습놀이에 참가했고, 구례 분덕정가서 장려상 금뱃지 반돈 받았고, 광양, 여수, 대구, 경주, 부산, 마산 등 각 지역 궁도 행사시에 참석하였는데, 대회는 보통 2일간(주로 토, 일요일) 하는데, 참가 신청자가 5~600여명 된다.

전국대회 궁도장 건립을 위하여 지금 궁도장 있는 곳에 내가 사두할 때에 건립한 2층 기와집을 허물고 예산지원을 받아 다시 건립하였다는데, 아직 가보지는 못했다.

내가 사두를 맡았을 때에 전 회원의 요구로 박근서 등이 충혼탑 올라가는 곳에 부지 일부를 기증받아 궁도장을 짓기로 하였는데, 회원 각자 갹출을 하여야 했다. 그 중 할당한 금액을 내지 않은 분들도 있고 하여 정신적으로 고충이 많았다. 그대로는 돈이 모자랐기 때문에 여러모로 궁리하였으나 잘 되지 않던 차에 조유복씨께 신신부탁한 결과 거금을 내신 덕택으로 계룡정을 준공하게 되었다. 따라서 내가 조유복씨를 잊지 않고 지금도 명절에는 박주일배라도 전하고 있다.

## 그라운드골프 창립

그때 우리들은 게이트볼을 하고 있었는데, 5인이 한조가 되어 게임을 하는데, 룰도 복잡할 뿐만 아니라, 내가 한번 잘 치지 못하면 우리편이 지기 때문에 마음에 부담감이 생기며, 또 잘 못 쳤다고 핀잔을 주기도 하고 일일이 팀에서 간섭을 하기 때문에 마음의 스트레스가 생긴다. 따라서 서로 마음이 상하기도 하는 단점이 있고, 법규도 너무 까다로웠다.

우리 동기, 김재철, 김봉문, 배영애, 조용남, 김영은, 박성율 6명이 모여 게이트볼보다 자유롭고 마음에 부담이 없는 운동이 없는가, 의논하던 차에 타 시, 군에서 그라운드골프를 한다는 말을 듣고 선발대로 참가하여 묻고 오라는 이야기가 있었다.

　김재철, 박성율 두 분이 타지에 가서 그라운드골프의 중요성을 터득하여 오셔서 우리 6인이 마음을 모아 결성하기로 하고, 1972년도에 우리집에서 창립회를 가졌다.

　그 자리에서 김봉문(통수동기)교장이 김영은이 회장하고, 내(김봉문)가 총무하겠다. 그리고 배영애씨를 부회장으로 결정하였다. 나중에 김재철(통수동기)씨를 고문으로 결정하여 조직을 갖추기 시작했다.

　초대회장은 내가 맡고, 총무 김봉문, 김재철 고문으로 지명하여 활성화를 위해 각 읍,면에서 많이 영입하여 약 2년 동안 회원 80여 명이 되었고, 타 지역과 교화를 이루어 생활체육의 중요 종목으로 인정되었다.

　장소가 좀 넓어야 하겠기에 당시 김한겸(통수후배)시장님께서 배려하여 우선 임시로 양정저수지 둑을 얻어주어서 운동도 하고 두루 방황하다가 현재 고현중학교자리(당시에는 비어 있었음)에서 제1회 거제시 생활체육 그라운드골프 연합회장배 대회를 개최하였다.

　그라운드골프 운동 당시에 홀인원 하던가 대회에서 1등을 하면 자발적으로 성금을 내어서 재원을 많이 확보하였다.

　임기 2년을 마치고 후임에게 물려주었다.

중간에 회장과 총무의 다툼이 있어서 중간에 내가 대신 임시로 맡았다가 분열이 생겨서 난관에 봉착하였다. 그로 인하여 다시 회장을 선출하고 또다시 후임에게 물려주었다.

　그러는 동안에 내가 심적인 자극을 받아 진주 경상대 병원에 입원하였으며, 퇴원하였으나 몸과 마음이 다소 괴로워서 집에서 수양하느라고 나가지 않고 집에서 건강관리를 하였다.


　나의 얼굴 양쪽 뺨에 검은 반점이 있는데, 이것은 그라운드골프 칠 때에 생긴 것이다. 옛날의 젊었던 시절에 한 여름에 아무리 노출하였어도 문제가 없었으므로 그라운드골프 할 때에 햇빛에 얼굴을 가릴 생각은 하지 않았다. 그렇게 삼복더위 염천에 넓은 운동장에서 햇볕을 쪼이며 운동을 했더니, 아니나 다를까 양쪽 뺨이 햇볕에 타서 물집이 생기고 헐기 시작했다. 고친다고 피부과의 약도 바르고 하여도 잘 낫지 않았다. 약 3년을 치료하고 나니 그 자리가 검게 되었다. 이제 나이도 많고 하니 별 신경을 쓰지 않고 있는데, 공원에서 어느 친구가 보기에 남에게 맞은 것처럼 보이니 피부과에 가서 레이저 치료를 하라고 권하였다. 그러나 나는 '이제 다 된 몸'이라 하면서 그냥 내버려두고 있다.

## 통수 동창회

거제지구에 통영수산학교 동문들이 약 200여 명이 있었으나 지구 동창회가 결성되지 않아 서로 얼굴도 모르고 지내고 있던 때라 내가 대충 선후배들을 약간 모아 모임을 갖자고 하였다.

봄, 가을로 고현성 뒤 계룡사 절 옆의 개울 가까운 잔디밭에서 모이기로 하고, 음식은 집사람이 집에서 준비해 날랐다. 또 다른 곳에서 모임을 갖기도 했으나, 모임이 잘 되지는 않았다. 그러나 이왕 시작한 것, 어려움을 무릅쓰고 노력을 하여 고현 이층집(지금은 없음)에서 선,후배 몇 사람이 모여서 동창회를 만들자고 참으로 어렵게 의론이 되었다.

| | | | |
|---|---|---|---|
| 초대회장 | 11회 | 구조라 | 강정태 |
| 2대회장 | 9회 | 거제면 남동리 | 옥응환 |
| 3대회장 | 10회 | 고현리 | 윤철근 |
| 4대회장 | 23회 | 연초면 | 옥치화 |
| 5대회장 | 26회 | 장목면 | 모기휴 |

5대 회장까지 내가 총무를 맡아왔으며, 6대 회장을 내가 맡게 되었다. 내가 회장 재직시에 이사회에서 동창회는 기금이

있어야 활성화된다는 의견이 있었다. 그로부터 내가 나서서 기금을 모으기 시작하였다.

| | | | |
|---|---|---|---|
| 27회 | 회장 | 김영은 | 100만원 |
| 27회 | 옥포 | 김맹용 | 100만원 |
| 27회 | 성포 | 조영환 | 100만원 |
| 31회 | 하청 | 이정태 | 100만원 |
| 20회 | 사등 | 김상욱 | 30만원 |
| 31회 | 장목 | 서영칠 | 50만원 |
| 21회 | 견내량 | 서봉윤 | 30만원 |
| 24회 | 연초 | 옥치화 | 10만원 |

　원래 처음의 목표는 200만원이었으나, 위의 모금 외에 여러 동문들의 협조로 1천만원 기금 마련에 성공하여서 봄, 가을의 통수동창회 모임이 급진적으로 활성화되었다. 내가 후임의 동창회장을 거제시장으로 있었던 31회 김한겸 회장에게 인계하면서 기금 1,000만원을 넘겨주었다.

　다음 총회에서 보니, 김한겸 동창회장이 기금 100만원을 확보하였고, 그 뒤에 일본에서 성공한 나의 통수동기 윤병도에게 기금을 부탁하여 1,500만원을 받아 왔다. 따라서 내가 2,500만원의 기금을 통수동창회에 마련한 셈이다.

기금 협찬을 하신 동문님들이 더 계실 것이나, 기억하지 못하여 못다 적은 부분은 여러 동문님들의 양해를 구한다.

최근에 나는 통수동창회 모임에 나가지 않는다. 동창회 연락이 오면 큰아들에게 나가서 전달하라고 작은 봉투를 쥐어 보내곤 했다. 따라서 현재에는 비축 기금이 얼마나 되는지 궁금하지만, 어쩔 수 없는 일이다.

당시 협찬 받기 위하여 옥포 김맹용 동기가 적극적으로 협조한 것이 최고의 밑거름이 되었다. 승용차가 있었던 김맹용 동기 덕택으로 나와 둘이서 몇 번씩 자주 다니면서 기금확보에 노력한 결과이다.

그러나 믿었던 동문들은 기대에 미치지 못했고, 여러 가지 말만 많았으며, 생각지도 않은 동문들이 자발적으로 많은 협찬을 해주어서 고마웠다.


2007년 10월 27일에 거제지구 통수, 해양과학대학 총동문회 체육대회가 거제공설운동장에서 개최되었다. 이때 회장은 옥진표, 사무국장은 천대룡이었으며, 내가 고문으로 행사장에서 치사를 감격스레 낭독하였다. 그 치사의 내용을 아래에 옮긴다.

오늘 제4회 〈거제지구 통수, 해양과학대학〉 총 동문회 체육대회를 개최함에 즈음하여 동문회 임원, 동문내외분, 내빈 및 본 행사에 물심양면으로 협찬하여 주신 여러분에게도 진심으로 감사의 말씀을 드리겠습니다.

회고컨대, 통칭通稱 〈통수에서 해양과학대학〉에 이르러 90주년을 맞이하였습니다. 모교 개교 연혁을 거슬러 올라가면 1917년 "경양수산耕洋水産 이란 기치 아래 〈경상남도 수산 견습소〉로 이름하여 수산자원 개발과 어로기술의 전수 목적으로 탄생하게 된 것입니다.

1923년 이를 모체로 삼아 통영의 남망산 기슭에 〈통영수산학교〉로 설립, 개교하게 되었습니다. 새로운 어로기법을 개발하고 실기를 익힌 유능한 수산인水産人이 양성 배출되니, 그들의 진로에는 좋은 일자리가 쏟아져 나왔다. 중앙, 지방의 수산행정 기관에 임용을 비롯하여, 어업조합, 근대화된 수산회사의 관리직, 기술직에 취업하였다. 아울러 자영 수산인이 되기도 하여 한국 수산업을 선도하여 크게 성공한 사람도 많았고, 연근해 어법의 획기적인 발전의 주축을 이룬 수산인의 기수가 되었다.

생산기술의 변모를 통한 대량생산이 가능케 되고, 관리의 등용, 회사의 진출 등, 그 우수한 인재가 배출되니 자연히 학교의 발전과

학생들의 자질은 향상되어 전국 도처에서 우수한 학생들이 모여들어 학교의 발전은 질과 양적인 면에서 가속적으로 이루어졌다.

모교는 1945년 이후 숱한 학제의 변경으로 〈통영수산중학교〉, 〈통영수산고등학교〉, 〈통영수산고등전문학교〉, 〈통영수산전문대학〉을 마지막으로 〈통영수산〉이란 교명은 사라지고 오늘의 〈해양과학대학〉으로 승격하여 그 뿌리가 이어지게 되었습니다.

우리는 오랜 학통學統을 지니고 있고, 저마다의 학연學緣을 가슴 속 깊이 간직하고 살아온 동문이지만, 사실 모교의 총동문회 모체母體는 사라졌으나, 그나마 〈거제지구 총동문회〉만은 전국에서 유일무이하게 건재하고 있으니, 우리 모두가 "통영수산"의 동문이라는 긍지를 가지고 장하게 활동하고 있다.

오늘 제4회 〈거제지구 통수, 해양과학대학 총동문회〉가 주최하는 체육대회가 비록 "통영수산"이라는 이름자가 없지만, 그래도 그 넓은 운동장은 그 자리, 그대로 남아 있는데, 이곳 거제 땅에서 대회를 치루게 되니, 그 옛날의 감회가 새롭습니다. 우리는 지축地軸을 흔들고 소박한 힘과 제대로 익히지 못한 기技일지언정 경기인競技人 못지 않게 "통수인"의 기상을 하늘보다 더 높이 펼칩시다.

우리는 만남의 우정을 바탕으로 손에 손 잡고, 기교技巧는 없지만 그래도 웃으며 뛰고 또 뛰어 오직 승자도 패자도 없는 아름다운 "통수인" 가족들의 잔치가 될 것을 기대합니다.

끝으로 우리 동문 모두의 이름으로 뜻 깊고 보람있는 행사로 꾸며 줄 것을 다짐하면서 치사에 가름합니다.

감사합니다.

2007년 10월 27일

김영은


## 68 친목회

1968년도 고현중학교에 같이 근무하던 직원들의 친목 모임이다. 1990년에 이인노 국어선생의 제안이 있었고, 찬성 의견들이 오고 가고 하였다. 그러다가 동의가 이루어져서 1990년 8월 19일 우리집에서 결성을 하면서 부부동반으로 하되, 방학 중(1월, 8월)으로 하자고 결의가 되었다. 회의 이름은 내가 68친목회로 제안하여 전원 찬성되었다. 그날이 1회로 창립회의가 되었고, 회장에 이섭 교장님, 총무에 김수영으로 정하였다. 그후 해마다 년 2회 친목회를 하다가 모두 다 정년퇴직을 하시고 나니, 친목회를 봄, 가을로 하되, 거제서 1회, 마산에서 1회 하기로 하였다. 그러다가 이섭 교장님께서 서울로 가시는 바람에 내가 후임 회장을 맡아 오는데, 년 4회로 하고, 장소는 우리가 잘 모일 수 있는 곳으로 하기로 정하였다.

그 동안 장거리는 아니지만, 가까운 여러 군데에 같이 다녔다. 지심도도 한번 갔다 오고, 통영 케이블카, 산양면도 다녀오고, 지난번에는 고현중학교 제자인 추교환이가 우리 68친목회 모임에 찾아와서 선생님들 대접한다고 금일봉을 찬조하였다. 우리들은 지심도를 구경하고 돌아오면서 중식을 맛나게 잘 먹었다. 그 자리에서 추교환 제자에 대한 옛 이야기와 칭찬이 자자하였다.

당초 회원이 11명이었는데, 작고하시고 자식 따라 서울로 가시고 병고도 있고 하여 현재 7명으로 부부동반 모임을 하고 있다. 내가 나이가 많아져서 다른 모임이나 단체들은 모두 끊고 사는데, 오직 이 68친목회 모임만이 같이 하고 있다. 회장을 다른 분이 맡으라고 하였지만, 다들 '내가 해야 한다.' 며 내려 놓지 못하게 한다.


## 경로당

2002년 8월의 어느 날 비가 내리고 있었는데, 마을에 사시는 박남선 노인회 회장, 원진순 총무님께서 우리 집으로 나를 찾아왔다.

　무슨 일인지 궁금했는데, 두 분이 말씀하시기를 동문부락 경로당 신축 공사비가 일억으로 책정되었는데, 시공을 나더러 책임지고 해달라는 것이었다. 마을의 유지 몇 분들을 만나 이야기했지만, 나서는 분이 없어서 나에게 왔다는 것이다.

　예산 책정된 경로당을 당해 년에 짓지 않으면 예산이 취소되어 물건너 간다고 신신당부를 하셨다. 그렇게 부탁하는데, 그냥 뿌리 칠 수만은 없었다. 내가 지역에 살면서 최대한으로 도와드려야지 하는 생각으로 승낙을 하였다. 그러고 나서 4개 이장을 모이게 하여 회의를 열었다.

　내가 계룡노인정 설립추진위원장을 맡고, 박남선 노인회장, 원진순 총무, 4명의 이장(김월태, 이달선, 정명근, 허계순)들과 같이 추진을 하는데, 설립보조금에는 조건이 있었다. 지역부담금 3천만원을 확보하여 통장에 입금되어 있어야 한다는 내용이었다.

　따라서 내가 3천만원을 우선 입금하여 통장사본을 첨부, 계룡노인정 설립신청을 하였다. 그때서야 승인을 받아 공사를 하려하는데, 시공자가 없어 동분서주하고 있을 때 통영김밥 주인 박진균씨가 있어서 공사를 담당케 하였다.

　사람이란 갈 때 마음, 올 때 마음이 다르다고, 공사를 해보니 참으로 속타는 일이 많았다. 공사 착공시기가 2002년 10월 1일 시작하여 2003년 4월에 준공했다. 준공식은 4월 8일에 거행하였다.

부지는 전에 고현 동문 동사가 있었는데, 건축한지 오래되어 비가 새고 거주 생활하기 곤란하였기 때문에 옛 건물을 헐고 그곳에다 계룡경로당을 신축하였다. 총 1억4천6백만원이 들었는데, 시에서 1억원, 나머지는 자체부담금, 찬조금으로 충당하였다. 부조와 찬조금이 1천 6백만원이었는데, 나도 3백60만원 협찬하였다.


## 3. 문중과 기타


### 부사공 파보 편찬

1984년 정월 20일 아주 부사공 11대 김태우 집에서 거론이 되어 그간 수집하여 1987년 11월 25일 인쇄 들어가서 1987년 12월 10일 경에야 완성하여 각처에 배부하였다.

그 주선은 부사 11대손 김한규 형님께서 주관하였으나 모든 서류 보완 편집관계는 내가 맡아 시행하였다.


## 선조묘 이장

내가 대종회장 재직시 선조묘소를 이장했다.

이장 이유로는 조부묘소가 별거하여 있어서 문중 모두 성묘 때면 다 말씀이 내려 오던 차, 문중이사회를 통하여 대대로 내려오는 묘소를 중시조 김대기 조부님이 배위 성산이씨 할머니를 2001년 6월 20일(음4월29일) 공주 부사공 묘와 합봉하였고, 부사 1대 경원 할아버지의 배위 밀양 손씨 할머니 묘소를 망치 자자에 있었던 것을 2001년 6월 17일(음4월26일)에 명동 경자원 할아버지와 합봉하셨고, 제2대 의장봉할아버지 묘소가 연초면 천곡리 오좌에 있던 것을 2001년 6월 17일(음 4월 26일) 망치 적삼포 전주추씨 할머니묘와 합병하였다.


## 망치 재실

재실의 이름은 대덕사인데, 현판 글씨는 무원 선생님의 글씨이다. 기둥의 용과 정면 사신도의 백호는 조카인 김강호가 그려 넣었고, 정면에 주련으로 써져 있는 망 김현령치 감음(望 金縣令峙 感吟) 한시는 10대조 이신 김경원께서 당신의 부친이신 입거제 김대기현령과 김현령재를 그리워하여 쓴 글로서 백씨의 말씀에 의하여 내가 써서 부착하였다.

그리고 조상님의 위패는 고현의 나기철 친구 목공소에 가서 밤나무로 제작하고 위패의 글씨도 내가 형님께서 하신 것을 본받아 써서 바로 앉혀 놓았다.

재실의 사당(본당)은 백씨께서 노력하셔서서 문중 협찬으로 세우셨고, 뒤에 재실의 요사(생활관)는 내가 중추가 되어 문중협찬으로 내 친구인 장승포 허경구가 지었다. 세세한 내용은 재실에 기록된 문서가 있다.


## 유자나무

내가 1988년 12월 공무원생활을 마감하고 집에 있게 되었다. 그때 당시 유자가 소득이 좋다는 말을 듣고 그해 가을에 문동 저수지 바로 아래에 논 이천여 평을 구입하여 유자나무를 심기로 하고 내가 제일 친한 옥포의 김맹용(통수 27회 동기)에게 부탁을 하여 논에다 500주를 심고 망치 375평 밭에는 60주를 식재하였다.

당시에는 문동을 오르내릴 때에 차가 많지 않아서 내가 자전거를 타고 오르내리며 관리를 하고 여름이면 저수지에서 나오는 물을 주고 또 나무 사이의 공간에는 파도 심어보고 배추도 심어보고 참외 수박도 심어서 키워 따 자전거에 싣고 집에 와서 나누어 먹기도 하곤 했다.

나무가 차차 자라나니까 좋은데, 내가 일을 많이 해보지 않은 탓에 유자나무가 죽으면 재식수하는 것이 너무 힘들었다.

한 7년째 되는 해에 드디어 유자가 열어 누렇게 익은 밭 광경은 정말 마음이 흐뭇하여 기분이 좋았으며, 길을 지나가는 사람들이 들어와서 사진을 촬영하고 노랗게 익은 유자밭을 배경으로 사진 찍곤 하였다.

그런데 문제는 유자따기였다. 가시가 있기 때문에 보통 고충이 아니었다. 아무리 생각해도 내 힘으로서는 도저히 딸 수가 없었다. 그래서 집사람하고 상론을 하여 유자밭을 팔기로 결정하고 편안하게 지내려고 했다. 마침 원매자가 있어서 잘 팔아 치웠다. 그후엔 유지원이 되었다.

아직도 망치 밭에는 유자나무가 있는데, 그것도 힘들어서 몇 년간 처박아 두었는데, 큰 아들이 관리한다며 그럭저럭 따 먹을 만큼 가꾸는 중이다.

# 제9장
# 꽃구름 속 호랑나비

# 제9장
# 꽃구름 속 노랑나비

집사람은 10년 전에 회고록『꽃구름 속 노랑나비』를 출판하였다. 그 책의 중요부분을 여기에 그대로 옮겨 붙인다. 나의 회고록에 아내의 고생까지 대비하면서 읽어보는 것도 상당한 재미와 의의가 있을 것으로 본다.

책의 끝부분에는 10년 전의 회고록 이후에 아내가 가족들에게 쓴 편지를 양념처럼 넣었다.

## 1. 어머니께서 운명하시던 날

엄마가 다섯째 자식이며 나의 셋째 동생이 될 아기를 임신하여 해산할 날이 얼마 남지 않았는데 임신중독으로 온몸이 퉁퉁 부어 편찮은데도 병원에 한번 못가시고 그저 일에만 파묻혀 그 몸으로 누에 키우고 집안일을 잠시도 쉬지 않고 일을 하셨는데, 돌아가시던 날 아침에 작은 방에서 어머니가 누에똥을 가리고 있었고, 나는 옆에서 앉아 보고 있었는데 엄마가 누에 똥 치우고 일어난 자리 밑에서 빨간 피가 떨어져 있는 것을 내가 보았다.

어린 나는 아무것도 모르고 놀라서 눈물이 핑 돌았다. 엄마는 그래도 아침 밥상을 차려 주시며 아버지에게 "오늘 나 죽을 것 같으니 빨리 가서 의사를 데리고 오소." 그렇게 말하고 자리에 누우셨다. 그때 거제읍에 일본 의사가 한 분 있었는데, 해방이 되어 일본으로 쫓겨 갔고 지세포에 산부인과는 아니지만, 의사 한분이 계셨는데, 아버지는 동네 말을 타고 지세포 의사를 데리러 가셨고, 오빠는 학교에 갔는데 10시가 지나니 엄마의 진통이 점점 심해졌다. 그 시절에는 전화도 없고 어찌할지 모르고 그냥 아버지 오기만을 기다리고 있었다.

아버지는 지세포 병원에 가니까 의사가 십리 가까이 떨어진 곳에 환자를 보러 나가고 없어서 아버지는 초조히 기다리다가 주인에게 의사가 간 집으로 전화해 보라고 긴히 간청을 하여 전화를 했는데, 그 집에서 의사 선생님은 환자를 치료하고 돌아갔고, 중간에 다른 볼일이 없다면 곧 도착할 것이라고 말했다고 한다.

집에서는 12시 경에 엄마는 애기를 못 낳으시고 애기가 숨을 막는다고 빨리 배만 수술해 달라고 소리치다가 어머니는 숨을 거두었다. 의사는 어머니가 숨을 거둔지 30분 후에 도착하고 의사는 오토바이를 타고 오셨기 때문에 아버지는 뒤에 말을 타고 도착하셨다. 그때는 이미 어머니는 숨을 거둔 후였다.

아침에 누에 똥 치우고 했는데, 그후 서너 시간 만에 우리는 어머니를 잃었다. 우리 사남매는 그렇게 어머니를 잃고 말았던 것이다.

## 2. 어머니의 길쌈

나의 생모인 친어머니는 낮에 들에 나가 농사일을 하시고 밤에는 길쌈을 꾸준히 하셨다. 봄이면 누에를 키우는데, 뽕을 따서 먹이고 30여일이 지나면, 짚으로 만든 섭위로 옮기는데, 누에는 하얀 고치를 스스로 만들어 그 속으로 들어 가버린다.

그 고치에서 실을 뽑아 베를 짜는데, 이를 명주라고 한다. 그 시절에는 명주가 제일 좋은 비단으로 명절이 오면, 어머니는 명주에 빨간물, 노란물, 초록색 물감을 손수로 염색을 하여 다림질 곱게 한 다음 호롱불 밑에서 밤잠을 설쳐가며 나와 동생의 고운 옷을 만들어 주셨다.

어머님은 작은집 숙모님과 사이가 좋았고, 숙모님은 그때 슬하에 자식이 없었는데, 명절이 오면 어머니와 같이 엿도 만들고 강정, 약과, 떡 등을 만들어 두 집이 나누고 명절날 아침에는 어머니와 숙모님 둘이서 큰집 할아버지, 할머니에게 장만한 음식을 들고 세배를 가곤 했다.

나는 어머니가 해주신 명주 그 비단 치마 저고리를 입고 따라 나서서 집안 어른들 집집이 세배를 다녔는데, 정말 신나고 좋은 명절이었다.

그때 우리 집은 시골에서 잘 사는 축에 들었는데, 어머니는 일년 내내 농사일을 열심히 하면서 길쌈도 많이 하셨다. 이는 상당히 손이 많이 가는 일이었다.

가을이 끝나면 목화의 씨를 뽑아 물레를 돌려 실을 뽑으며, 밤늦도록 일을 하였는데 내가 자다 일어나 보면 일하고 계셨고, 또 일어나 보면 일하고 계셔서 나는 어머니의 잠들어 있는 모습을 본 기억이 없을 정도로 열심히 일을 하셨다.

겨울밤에 눈이 펑펑 내리던 날, 새벽에 나는 마루의 요강에 소변보러 나갔다가 천지에 하얀 눈이 펑펑 쏟아져 온 누리가 하얀 꽃밭이 되던 날 밤의 새벽에 나는 어머니가 그때까지 잠 드시지 아니하고 물레를 돌리면서 조용하게 부르는 노랫소리를 들었다.

> 새벽바람 찬바람에 울고 가는 저 기러기야
> 울고 가면 너만 가지 잠든 나를 깨울 소냐
> 울 아버지 제비란가 집을 짓고 간 곳 없고
> 울 어머니 나비란가 알을 낳고 간 곳 없네
> 우리 오빠 거미란가 줄을 치고 간 곳 없네

## 3. 새엄마를 맞이하며

그때 우리집은 시골에서 부자집으로 알려져 있었다. 어머니가 돌아가시고 아이들이 네 명이나 되어서 돌아가신 삼 일만에 중매가 시작되었다.

우리 할머니는 따로 사시기도 하였지만, 집안 살림에서 손을 놓은 지가 오래되셨고, 남자들처럼 이 아들집, 저 아들집,

동네 안에 딸린 집들을 다니면서 순례를 도는 것이 할머니 일과였다.

할머니는 농사일이 우선이라 보리타작, 모심기 바쁘고, 손자들을 돌보아줄 형편이 못되어 아버지를 빨리 재혼시켜야겠다고 며느리감을 구하려고 애를 썼다. 이웃집 아저씨께서 사등에 여자가 시집가서 아이를 못 낳는다고 이혼하고 보따리를 싸서 친정집에 와서 있는데, 아이가 네 명이나 있는 집에는 아이 못 낳는 여자가 좋다고 하며 중매를 했다.

할머니께서 아침을 잡수시고 며느리 감을 보러간다고 사등에 걸어가셨다가 걸어오는데, 해가 저물고 다리도 아프고 하여 거제 오수의 조카딸 집에 쉬러 가니까 조카딸이 "이모님 어디 다녀오세요?"하며 인사를 해서, 할머니가 "사등에 며느리 감 보러 갔다 오는 길이다."라고 하니까, 조카딸이 "이모님 우리 조카가 좋소." 라고 말하더란다. 그래서 "조카가 어디 있노?" 라고 물으니. "열여덟 살에 시집가서 일본에서 보따리 살림을 하다가 아들 하나를 낳고 신랑과 사별을 하고, 어제 저녁에 보따리를 싸 왔소."

주운 보리이삭을 들고 저 멀리 마당에 여자가 왔다 갔다 하는 모습을 할머니가 보았는데, 급한 성격의 할머니는 옆에서 얼굴도 제대로 못보고, 말 한번 건네 보지도 않고 그만 그 여자를 며느리 감으로 정해 버렸다. 이날 할머니는 아버지에게 "거제 오수에 이종 언니 조카가 열여덟 살에 시집가서 일본에서 살다가 남편을 사별하고 이종 언니 집에 있다. 사람은 밤에 보니까 뚱뚱하고 신체 좋은 여자다. 오늘이나 내일 저녁이라도 한번 가보아라."하셨고, 아버지께서는 아무 말씀도 아니 하셨다.

할머니는 다음날 또 오셔서 아버지에게 가보라고 권유하셨다.

닷새째 되던 날 아버지가 고모 아들(폰조 아저씨)과 함께 밤에 갔다 오시고 난 후, 어머니 돌아가시고 보름 만에 가마를 가지고 가서 새엄마를 데려 왔다. 새어머니가 오는 그날부터 우리 사남매들은 앉을 데, 설 데 없는 외로운 날들이 시작되었다.

그때, 새어머니는 사별한 전남편과의 소생인 세 살 된 아기의 젖을 먹이다가 열흘 정도 후에 우리 집에 왔으므로 젖이 마르지 않고 꽉 차서 처리가 안 되어, 젖이 떨어진지 오래인 세 살 된 막내 동생에게 젖을 먹였다. 막내 동생은 어머니가 돌아가신 날 밤에 마당에 모닥불을 피우고 사람들이 많이 오고 잔치 집 같은 분위기에 엄마가 죽은 줄도 모르고, 그저 아이들과 웃고 그저 장난이 명랑한 아이였는데 그만 새엄마의 불은 젖을 먹고 위장 탈이 나서 설사를 2개월 정도 하다가 약도 먹이지 않고 병원에도 치료를 못하고 그만 내 동생이 죽었다.

## 4. 오빠와 동생

오빠는 나보다 두 살 위이고 여동생은 나보다 네 살 아래였다. 우리 집 마당가에는 큰 감나무가 두 그루 있었는데, 가을에는 큰 감을 가마니로 따서 홍시도 많이 먹곤 하였다. 여름철에 익지 않은 풋감이 바람에 떨어지면 그걸 주워서 한 며칠 그대로 두면, 푸른 감이 노랗게 홍시는 아니지만, 그래도 먹을 수 있을 만큼 들큰해 지는데, 나하고 오빠는 경쟁적으로 떨어진 풋감을 주워 비밀리에 숨겨 두곤 하였다.

그러나 오빠와의 경쟁은 내가 이기는 경우가 많았다. 나는 전날 저녁에 마음을 굳게 먹고 다음날 새벽에 일찍 일어나기 때문에 대부분 내가 오빠보다 빨랐다.

밤사이에 비바람이 많이 불었던 어느 날 아침에 나는 오빠보다 훨씬 먼저 일어나서 감나무 밑으로 달려가 엄청나게 많이 떨어진 풋감을 한 광주리 주워 장독에 물을 붓고 담가 놓고는 의기양양해 있었다.

다음날 감이 좀 익어가나 싶어 장독대에 가보니 오빠가 감을 다 가져 가고 못 생긴 것 두세 개만 남아 있었다.

그 다음날은 더 새벽에 일어나 주운 감을 이번엔 오빠가 전혀 찾지 못할 것이라고 보리가마니 속에 꽁꽁 묻어 놓았었다. 다음날 감이 맛있게 익었나 하고 가보니 또 없어졌다.

나는 오빠 잠잘 때 새벽에 일어나 감을 주워 놓으면 오빠가 다 가져가고, 나는 화가 치밀어 오빠와 싸우기도 하였다. 그 시절에는 감 떨어진 것 주워 먹고 뽕나무에 올라가 오디 따먹고 그런 것들이 우리들의 간식이었다.

오빠는 나보다 네 살 아래인 여동생과는 잘 지내고 좋아했는데, 나하고는 잘 다투기도 했다. 오빠는 어려서부터 밥도 많이 먹고 키 크고 힘도 세고 부지런 했다.

초등학교 삼사 학년 때 학교 갔다 오면 점심 먹고 논에 물 돌보고 소똥 한 바지게 주워서 햇볕에 널어놓고, 또 풀 한 망태기 베어 돼지 먹이고 그렇게 살림을 열심히 도왔다. 동네에서 부지런하다고 소문이 자자했다.


푸른들 한가운데에 논 사이에 큰 느티나무 한 그루가 있었는데, 농부들이 농사일을 하다가 땀이 나면 쉬기도 하고 점심을 먹기도 하여 그 밑에는 사람들이 끊이지 않는 그런 느티나무가 있었다.

우리 집안 할아버지, 아저씨 들이 그 느티나무 아래 앉아서 열심히 일하는 오빠를 보고 "종태야! 저 놈이 벌써 살림 맛을 알아 가지고 열심히 일을 하는 구나." 하면서 놀리고 또 "종태 니 집은 느그 집이 아이다. 니는 오수다리 밑에서 주워온 아들 이니, 일 그리 해도 아무 소용이 없잉께 그리 알아라." 하며 놀려 대곤 했다. 그리 말을 들은 오빠의 동갑인 평구 아저씨는 밤에 자면서 엄마에게 참말로 종태는 오수 다리에서 주워온 아들인지 물어 보기까지 했다고 들었다.

오빠는 교사 생활을 꾸준히 하였고, 그후엔 사업도 열심히 하여 기반도 튼튼히 구축했고, 몇 년 전엔 경남 교육의원회 의장으로 활동도 하였다. 최근엔 건강이 많이 나쁜 편은 아니지만, 하나씩 안 좋아 지는 모양이어서 안타깝게 생각한다.

## 5. 학교에 가지 못한 날

나는 일제시대 초등학교 4학년 때 대동아전쟁 때문에 학교를 못가고 집에서 어머니 심부름과 집안일을 돕고 있던 중에

8.15 해방이 되어 학교 교장 선생님이 일본인이라 일본으로 쫓겨가고 공부가 중단되어 어수선 하던 중에 어머니가 돌아가시고 새어머니가 왔다.

어느 날 개울에서 빨래를 한 대야 가득히 씻어 오니까 친구들이 '학교 다니다가 집에서 놀고 있는 아이들 모두 다 학교에 데리고 오라.'한다고 내일 학교에 가자고 했다. 그래서 다음날 학교에 가니까 새로운 우리 한글을 배운다고 ㄱㄴㄷㄹㅁㅂㅅㅇ, ㅏㅑㅓㅕㅗㅛ, 자음과 모음을 배우고 나는 그 동안 몇 개월 놀다가 새로운 우리글을 배우니 참으로 재미있고 공부가 귀에 속속 들어오고 좋았다.

다음날 아침, 아침을 먹고 설거지를 끝낸 후 학교 가려고 책가방을 들고 밖으로 나왔는데, 그때 나로서는 커다란 일이 벌어졌다. 새엄마가 "오늘 학교 못 간다." "골에 있는 밭에 콩 심으러 가야 한다."고 새엄마가 황소 눈의 얼굴로 부릅대고 큰소리를 치는 게 아닌가.

나는 새엄마가 너무 무서워서 바로 쳐다보기가 소름이 끼칠 정도였다. 아버지는 어디로 갔는지 보이지 않고, 나는 그길로 밭에 나가 콩을 심으면서 새엄마에게 학교 못가라고 한 것에 울며 반항하면서 콩을 심었다.

내가 지금 생각해보면, 그때의 나는 어려서 바보 같기만 했다. '왜 큰집 할머니, 할아버지, 큰어머니, 작은 아버지들에게 찾아가서 학교에 가고 싶다고 떼를 쓰지 않았던가?'싶다. 새엄마는 나를 매일 일만 시켰고, 욕설을 했다.

콩을 심어 놓고 새엄마는 밭에 가보지도 않고, 여름날에도 흰 양말을 신고 그늘 밑에서 앉아 놀며, 밭에는 풀이 나서 덤불처럼 되어있는 밭에 11살인 나 혼자 불볕더위에 밭 매러 가라고 했다. 새엄마는 지금은 돌아가시고 없지만, 동네에서 소문난 사람이었다.

불볕더위에 밭을 매고 있으니, 호미로 매도 매도 일이 줄어들지 않고 고랑에 가서 물로 얼굴을 씻고, 나무그늘 아래 한참 앉아 놀다가 하루 종일을 매도 밭을 한 도랑도 못 매고, 집에 와서 또 밥을 지어야 했다. 매일 계속되자 밭 옆에 새엄마의 여동생이 살고 있었는데 이모가 옆에서 보다가 안스러워서 밭 매는 것을 도와주기도 했다.

밭을 다 매고 구시월이 되니까 또 "녹두 따러가라."고 하고, "팥 따러가라."고 했다. 여름 내내 나를 집에 있지 못하게 하고 밖에서만 맴돌게 했다.

# 6. 초등학교와 일제 수탈

나의 정식 학교생활은 초등학교 사학년 일 학기로 끝이었다. 그 이후 해방이 되고 강습소에서 두어 달 한글공부를 한 것이 전부였다. 세월이 지나 환갑을 훨씬 넘긴 나이에 상록회에서 운영하는 한글교실에서 한글을 배우고, 노인대학 등에 다니면서 사회교육을 배웠다. 이렇게 글을 쓰고 책을 펴낼 수 있게 용기와 힘을 준 것도 상록회와 노인대학 같은 사회교육의 덕이라 생각하며, 참으로 고맙게 여긴다.

산양의 초등학교 3학년 때, 학교에서 조선말을 쓰지 못하게 하는 방편으로, 조선말을 쓴 학생에게 세 뼘쯤 되는 검은 페인트 칠한 판자에 무슨 글인지는 모르지만 글을 큼지막하게 써서, 철사 줄에 메달아 목에 걸고 다니게 하였다.

우리 반 애들 중에는 나이가 두세 살 많은 애들도 있었는데, 남학생들은 조선말을 해도 안했다고 우기고 우겨서 그 판자 같은 패를 목에 걸지 않았고, 우리 반에서 공부도 좀 못하고, 어리숙한 여자 애들 5명이 차례로 그 패를 차게 되었다.

나의 동갑내기면서 가장 친한 친구가 조선말을 해서 그 친구에게 패가 전해지게 되었는데, 그 친구는 조선말 안했다고 울면서 그 패를 나에게 던지고 가버렸다.

어리숙한 나는 할 수 없이 그 패를 목에 걸고 집에까지 오게 되었다. 며칠이 지난 어느 날 선생님께서 조선말 못하게 표시한 패가 보이질 않아 찾으니, 어느 학생이 "윤금낭이 아버지가 딸이 매일 패를 차고 집에 오는데, 화가 나서 도끼로 패를 깨어서 보리밭에 던져버렸다."고 일러 바쳤다. 그때부터 패는 없어지게 되었고, 어릴 적이었지만 그때의 참담함과 어리숙했던 내 모습에 아직도 얼굴이 빨개지려고 한다.

밤에 호롱불을 켜면, 비행기에서 폭탄을 던진다고 면사무소 직원들이 골목골목 다니면서 호각을 불고, 불을 빨리 꺼지 않으면 문에다 돌을 던지곤 하였다. 그래서 제사가 있는 집이면, 문에다 검은 담요로 창을 가리고 제사를 지내기도 하였고, 학교엘 가면 공부를 시키지 않고 일만 시켰다. 게다가 비행기 만드는데 쓴다고 집에 있는 놋그릇, 숟가락, 다 가지고 오라고 했고, 여름방학에는 짚신 스무 켤레를 삼아 가져오는 것이 방학숙제였다.

농번기 때에는 결석을 하는 학생들이 많았는데, 결석을 하게 되면, 이튿날 결석을 한 아이들을 불러내어 한 줄로 세우는데 대충 열 명 정도 씩이었다.

선생님이 맨 처음 학생에게 "왜 어제 안 왔노?"하면서 뺨을 치고, 그 학생이 뒤의 학생에게 똑같이 말하며 뺨을 치게 하였다. 그렇게 끝까지 전달하여 치게 하였는데 치는 것이 시원치 않으면, 약하게 친 학생을 불러내어 "이렇게 치란 말이야."하며 세차게 뺨을 올려 부치곤 하였다.

사학년 선생은 별명이 '가네무라 뻰타쟁이'라고 불리웠는데, 너무 기합이 세고, 하루 결석을 하면, 선생님의 기합이 무서워 이삼일 연속으로 빼먹어 버리기 일쑤였다.


비가 없고 가뭄이 심하여 아버지는 웅덩이 물을 퍼 올려 가을에 벼 몇 가마니 수확하면, 정부에서 30% 공출하라고 면 직원들이 와서 창고를 뒤져 벼를 가마니 채로 걷어갔기 때문에 공출하러 온다는 소문을 들으면, 아버지 어머니는 밤중에 벼 가마니를 산에 숨기곤 하였다.

막걸리 담가 놓으면, 조사를 해서 벌금을 매기고, 목화 농사를 하여 길쌈해서 옷 해 입으려는 것도 다 뺏어 갔기 때문에 아버지는 목화를 자루에 가득 담아 방의 천장을 뜯어 그 속에 숨기고 살았다.

일제시절에 이 같은 고초를 겪지 않은 이 있으랴 마는, 그때의 기억을 적어서 손자들에게 전해 주고자 한다.

# 7. 내 인생의 학교생활

일제시대인 초등학교 사학년 무렵, 대동아전쟁이 극심하여 학교에서 아침조회 마치고 교실에서 공부를 시작하면, 미국 비행기가 폭탄을 때리려고 하여 우리는 까만 모자를 쓰고 학교 뒷산 굴속에 숨었다. 비행기가 지나가고 나면, 사이렌이 울리면서 우리는 굴속에서 나와 공부도 못하고 책가방을 가지고 집으로 돌아가기 바빠졌다.

8·15 해방이 되어서 교장 선생님이 일본으로 쫓겨 갔고, 학교는 중단되었다. 나는 집에서 어머니 일을 도우고 흉년이 들어 들에 가서 나물을 캐고 하던 중에 어머니가 아기를 낳다가 돌아가시고, 학교를 못 갔다.

해방이 된 다음해, 내 나이 열세 살 되던 해에 내 위 네댓 살 위의 언니들이 동회 사무실에서 밤에 한글을 처음부터 배운다고, 나도 낮에는 일하고 밤에 공부하러 갔다. 그때의 선생님은 노총각 김영배 선생이었다. 낮에는 일하면서도 밤에 공부하고 싶어 "밤아 밤아 어서 오너라. 빨리 공부가고 싶다."하고 밤을 기다렸다.

2개월 정도 공부를 하는데, 총각들이 문에다가 돌을 던지고 공부를 못하게 방해를 했다. 선생님은 수업을 하다가 방해하는 총각들을 잡으러 신발도 벗은 채 쫓아다니다가 두 달 정도밖에 하지 못하고 그만 두었다.

그러다가 20세에 결혼하여 아이 키우고 남편 뒷바라지, 살림에 파묻혀 글을 접하지 못했다. 남편은 내가 글을 모르는지 몰랐다. 내 나이 쉰다섯이 되던 날 작은 딸이 "어머니도 이제 공부 좀 하세요."하면서 글씨 공책과 연필을 사 주었는데, 글씨 공부를 혼자 해보았지만, 두 달도 채 채우지 못했다.

이제 육남매를 다 키워, 공부시키고 시집, 장가 다 보내고, 환갑도 지나 시간의 여유가 생겼다. 나는 취미로 손뜨개질을 배워 옷도 짜고 가방도 짜고 하다가 어느 날 옆집 동생이 복지관에서 한글공부를 배운다고 3개월 정도 다니고 있었는데, 내가 한글을 잘 알고 있으리라 생각하고 나에게는 가자는 말도 없이 다니고 있었다.

나는 공부를 못해 한이 맺혀 공부는 하고 싶은데, 쑥스럽고 부끄러워 처음에는 무척 망설이다가 막상 공부가려고 하니까, 영감님은 "집에서 열심히 읽고 쓰고 하면 되지, 뭣 하러 그기까지 가?" 하면서 내가 공부 가는 것을 좋아하지 않았다.

그래도 나는 대단한 용기로 상록회에서 운영하는 한글교실에 갔다. 첫날 공부 갔을 때, 김경희 선생님이 이름, 주소, 애국가를 써라 하였는데, 처음 글을 쓸려고 하니 손이 떨리고 더듬거렸다. 그날부터 우리는 십대 소녀 같은 초등학생의 마음이 되어 학교 가는 날이면 즐거운 날이라, 아침 일찍 일어나서 밥을 지어 먹고 책가방을 메고서 옆집 연수, 봉금이와 같이 선생님 오시기 한 시간 전에 일찍 가서 우리끼리 받아쓰기를 불러주며 칠판에 적어보고 자습을 했다. 우리들은 하루도 빠지지 않고 열심히 공부하였다.

김경희 선생님은 자기 일이 바쁜 대도 글 모르는 우리들을 위하여 항상 열심이었고, 언제나 웃는 얼굴에 예쁘고 여성스러웠다.

첫 스승의 날, 글을 가르쳐 주시는 선생님이 존경스러워 선생님에 대한 글을 지었는데, 쑥스러워 선생님 앞에서 낭독해 드리지도 못하고 가방 속에만 넣어 다니다가 최근 어느 날 방을 정리하다가 꺼내어 읽어보니, 그때 좋았던 한글공부 시절이 다시 떠오르며 선생님에 대한 고마움이 다시 내 마음에 넘쳐흘렀다.

이렇게 내가 회고록인지, 자서전인지를 펴낼 생각도 그 상록회의 김경희 선생님이 아니었으면 꿈도 꾸지 못했을 일이다.

이제 정월 대보름도 지나고 봄이 오는데, 어떻게 연락 한번 드리고 인사를 해야 할텐데……, 벚꽃이 지기 전에 그렇게 될지 걱정스러운 마음이다.


## 8. 나의 결혼 이야기


내 손녀 수정아 그리고 나래야. 이제 너희들의 나이가 스물넷, 스물 하나로 당당한 처녀들이 되었구나. 이 할미는 너희 나이에 결혼도 하고 아들도 낳았단다. 이제 다 큰 처녀들이 된 내 손녀들에게 이 할미의 결혼 이야기를 들려주마.

1953년 12월 어느 날, 새 엄마는 동네의 잔치 집에 가시고 나 혼자 집을 보고 있었는데, 옆집 아지매가 "엄마 어디 갔노?" 하면서 두 번이나 우리 집을 찾아 왔더란다. 너희 할아버지가 군대에서 휴가를 나왔는데, 그의 어머니, 즉 너희들의 증조모께서 직접 중매를 부탁하러 옆집 아지매 집으로 오게 되어, 그 아지매가 동네 처녀 다섯을 생각해 내고 찾아보다가 그 중에 내가 선정이 되어 우리 엄마를 자꾸 찾아 온 것이었다.

나의 새엄마가 간 잔치집에까지 연락을 하여 나의 엄마를 만나고선 너희들의 증조모님은 돌아 가셨는데, 나는 그 사실을 까맣게도 모르고 다음날 빨간 저고리를 입고, 예쁘게 화장하고 나갔더니 옆집 아지매가 "모레 예쁘게 하지… 모레, 니 보러 모레 온단다…" 이렇게 말해도 나는 그것이 무슨 뜻인지도 잘 모르고, 그 소리를 흘러가는 농담으로 들었고, 집에서도 아버지, 어머니는 당사자인 나에게 아무런 말도 해주질 않았었단다.

3일째 되는 날 오전에 큰집 할머니가 오셔서 오늘 망치에서 총각, 즉 너희들의 할아버지가 온다고 준비하라고 말씀하시는데, 나는 어린 나이에 그만 가슴이 두근거리고 놀래서 어쩔 줄을 모르고, 뒷집 친구의 올케방 장농 뒤에 숨어 버렸다. 조금 있으니, 나의 오빠가 나를 찾아 왔지만, 친구에게 "없다고 말해라."하고선 꼭꼭 숨어 있었단다.

그 뒤 나의 할머니가 찾아오고 난리가 나서 할 수 없이 집으로 가니까 작은 어머니가 나를 입히고, 총각을 보여 주겠다고 치마저고리 다림질을 하고 나를 선보이려고 야단이 났다. 부엌에서는 점심을 지어 나르고 바빠졌다.

나에게 점심상을 들고 들어가라고 해서 시키는 대로 밥상을 들고 들어가는데 방에는 손님이 총각과 총각의 형님, 총각의 구조라학교 선생인 친구, 네 사람과 나의 아버지, 큰아버지, 작은 아버지 열 명 정도 앉아 있는 가운데로 상을 들고 가는데, 다리가 후들후들 떨리고 간이 벌렁벌렁 했더란다.

상을 들고 가는데, 먼저 큰 시숙, 즉 너희들의 큰할아버지께서 나의 얼굴을 빤히 들여다보셨다. 아버지께서는 "큰 시숙님 앞에 먼저 놓아라,"하셔서 상을 놓고 나오고, 큰집 올케가 밥상을 주면서 요번에는 총각 앞에 갖다 놓으라고 해서 떨리는 상을 총각에게 놓고 나왔다.

큰방에는 손님들이 식사를 끝내고 이야기하고 있는 동안에 오빠는 작은 방에 총각과 둘이 술상을 차려 놓고 나를 오라고 하여 큰집 올케 언니와 둘이 들어갔는데, 오빠가 총각에게 술을 한 잔 부어주라고 해서 오빠가 시키는 대로 술 한 잔을 부어주고 나는 부끄러워서 총각 얼굴도 못보고 옆으로 돌아 앉아 있었단다.

총각이 술을 마시고, 나에게 사탕 한 개를 주면서 "저는 군인의 입장이라 장가를 갈 형편이 못되는데, 부모님이 장가를 꼭 들어야 한다고 권유를 하여 오게 되었다."고 이 말 한마디 하고 그 자리는 그렇게 끝이 났었단다.

군대에 돌아가면 결혼할 처녀의 사진을 중대장에게 보여 주어야 장가갈 휴가를 준다고, 사진 한 장을 달라고 하여 설에 친구들과 거제읍의 사진관에 가서 찍었던 사진 중에 독사진을 한 장 주었다.

그래서 나는 총각하고 제대로 말 한마디도 못하고 밥상 갖다 주고, 술 한 잔 부어 주고, 사탕 하나 받고, 총각 얼굴도 제대로 못 본채 1954년 3월 10일에 스무 살의 나이로 결혼을 했더란다.

총각이 결혼휴가 20일을 받아서 결혼 날짜 3일전에 도착하였는데, 시어머니께서 "신랑이 휴가를 왔고, 결혼 일정에 대한 연락을 신부 집에 해야 할 텐데……"하고 걱정을 하니까 총각이 "그러면 내가 살 물건도 있으니 산양에 가서 신부집에 통보를 하겠다."고 자청하여 길을 나섰더란다. 아마 너희들의 할아버지가 신부감인 나를 한번 보고 싶은 마음도 있었겠지? 그런 마음으로 우리 집에 왔었는데, 새엄마가 점심도 차려주지 않았고, 그냥 문밖에 세워놓고 말을 나누고 있었다.

나는 방안에서 문구멍을 통하여 조금 보는데 그쳤을 뿐, 수줍고 어리숙해서 총각을 대면하러 밖으로 나가 만나지도 못하고, 총각 역시 순진해서 처녀를 보자는 말도 끄집어내지도 못한 채, 삼십리 길을 걸어 왔다가 점심도 못 먹고 돌아가게 되었는데, 지금 생각해 보니 나도 어리숙하며 바보 같애서 너희 할아버지에게 아직도 미안한 마음이다.

시댁 하객들은 신랑과 함께 걸어서 산양으로 와서 혼례식을
치루었다. 혼례를 치루고 그날 오후에 트럭을 타고 하객들과
함께 시댁인 망치로 가기로 하였는데, 그 트럭이 고장이 나서
계획에 차질이 생겼다. 신랑인 너희 할아버지는 보골에 짜증
을 내서, 걸어간다고 횡하니 앞장을 서 나가니, 여러 사람들이
너희 할아버지를 말리고 나섰단다. 그래도 말을 잘 듣지 않았
지. 약방집 할배가 "자네 고집이 쎄네."라며 혀를 내 둘렀단다.
나의 고숙이 장승포 군청에 양정계장으로 근무하고 있었는
데, 양곡 배급 주는 트럭이 마침 연결이 되어 신랑, 신부는 조
수석에 타고, 하객들은 화물칸의 쌀가마니 위에 여럿이 올라
타고 시댁으로 갔단다. 우리 할배가 "우리 금낭이는 잘 살 것
이다." "노적섬을 한 트럭 싣고 그 위에 타고 시집을 가니까 잘
살 것이 분명하다."고 말했단다.

그 시절엔 버스는 구경하기 힘들었고, 군인차가 포로들을 싣
고 많이 다녔었단다. 간혹 객차客車라고 승객을 트럭 화물칸에
싣고 성포에서 장승포로 하루에 두세 번씩 다니는 것이 전부
였단다.

따라서 가까운 동네는 가마를 타고 결혼을 하였고, 먼 거리는 트럭을 이용하는 게 보통이었다. 그날은 우리가 이야기했던 그 트럭이 고장 나는 바람에 양곡트럭을 우연히 연결해 타게 되었는데, 그것이 좋았다는 해석풀이라.

망치의 불당에 도착하니, 가마가 대기하고 있었단다. 나는 가마를 타고, 너희 할아버지는 앞장을 서서 걸어갔지…… 그날 밤이 첫날밤이란다.

신부가 첫날밤을 보내고 이른 새벽에 물을 한 동이 길어서 부엌에 같다 놓고, 소에게 짚을 한 단 주면, 잘 산다고 하는 이야기를 산양에서 들었었지. 그래서 신랑에게 물어서 알아 두었던 샘에 가서 이른 새벽에 물을 길었단다. 소에게 짚은 주지 못했어.

첫날밤을 지낸 다음날 아침에 마당에서 일가들이 모인 가운데, 폐백절차를 마치고 동네사람, 일가친척들이 모여 멍석을 펴 놓고 유희가 벌어졌단다. 신랑인 너희 할아버지가 한복 치마를 입고, 머리에는 보자기를 두르고, 여자 모양새로 춤을 추는데 희한하게 잘 추더구나.

나는 방안에 앉아 마당을 바라보았는데, 노들강변, 도라지 등을 불러가며 춤을 추는 솜씨가 보통이 아니었단다. 나는 부끄럽고, 생전 처음 보는 광경이라, "신랑이 장난을 좋아하고 많이 놀았는가?"하며 깜작 놀랐었다.

온 동네 사람들이 웃고, 시어머니가 백일된 손자 강호를 업고, 덩실덩실 춤을 추고 온 집안에 웃음꽃이 피었었단다.

20일의 휴가를 받았지만, 오는 날, 가는 날을 제하면, 15일 만에 군대로 돌아가게 되었는데, 너희 증조모님이 너희 할아버지가 좋아하시는 찰떡을 만들어 할아버지의 군대가방에다 넣어주셨다.

그날 아침, 버스 타는데까지 20분 거리였는데, 어머님, 형님, 조카들이 버스정류장까지 찰떡이든 군대 가방을 들어주려 하는데, 그만 신랑이 "아무도 따라오지 말라."고 하면서 떡이든 가방을 들고 휑 하니 앞서 가버린다……

그 당시 신랑은 스물다섯, 신부는 스무 살이었단다. 정류장에서 조금 기다리다가 버스가 와서 신랑은 타고 갔고, 우리들은 집으로 와서 나는 내 방에 들어갔더란다.

작은 형님께서 같이 들어와서 "아이고 방이 텅 빈 것 같다." 그렇게 말하니 나는 더욱 마음이 울적해 지며, 손에 가지고 있던 물건을 놓은 것처럼 썰렁하기가 한량이 없었단다. 그때의 심정을 유행가의 가사조로 옮겨 본다면 다음과 같으리라.

부산행 연락선이 떠난 부두에는 실안개만 돌고,

신랑 떠난 빈방에는 찬바람만 휑하니 스쳐간다.


　너희 할아버지는 결혼을 한 1954년 겨울에 제대를 하였는데, 제대 전에 두 번 휴가를 왔었단다.

　신랑의 군대 선임하사가 자기 동생이 김진선이라고 결혼시켜주겠노라고 몇 번 이야기를 하곤 했었는데, 신랑이 휴가 갔다 와서는, 결혼날짜를 잡았다고 하니까 제매 삼기는 틀렸다고 하면서 무척 아쉬워했다고 한다.

　너희 할아버지가 제대를 한 이후로는 그 선임하사와 상호 연락이 통 없었는데, 너희 할아버지가 퇴직을 하고 어찌 연락이 되어 전화가 오고가고 했었단다. 몇 해 전에 내외와 아들 내외 넷이 우리 집에 와서 이틀을 놀다 가셨는데, 그후 최근에 교통 사고로 내외분이 같이 돌아가셨다는 그분 아들의 전화가 왔었다. 참으로 안타까운 일이다.

# 9. 첫 아기 낳던 날

요즈음 사람들이야 어려서부터 성교육이다, 텔레비전이다, 잡지다, 하여 아기 낳는 것에 대하여 너무나 잘 알고 있을 것이고, 또 병원에서 주기적으로 검진하여 출산에 잘 대비하고 있을 것이다.

또 옛날 사람이라 하더라도 기본적인 것들은 대부분 알았으리라 생각되는데, 친엄마가 일찍 죽어서 그런지 나는 그런 것도 잘 모르고 어이없게도 아기는 열 달 만에 낳는 것이 아니고 그 보다 더 있어야 되는 것으로 생각하고 있었다.

스무 살에 시집을 가서 스물한 살에 첫 아기를 뱄는데, 나는 만삭이 되었어도 출산은 한참 남았는지 알았다.

그날 큰형님은 친정이 있는 거제면의 명진에서의 볼일과 또 오는 길에 산양에서 참기름을 짜기 위해 가셨고, 어머님과 나중에 학동으로 시집간 조카 계선이와 셋이서 재 너머 밭에서 목화 따는 일을 하고 있었다.

그때부터 엎드렸다가 허리를 펴면 배가 꾹꾹 찌르며 아파오기 시작했다. 나는 그 아픔을 참고 종일 일을 하고 집에 와서 저녁밥을 하는데, 배가 엄청나게 아파오기 시작해도 참고, 장에 가신 형님이 빨리 왔으면 하고 망치재만 바라보며 기다렸다.

저녁 밥상을 차려 주고 울면서 뒷솥에 군불을 때고 있는데, 장에서 돌아온 형님과 저녁을 마친 어머니가 "왜?" 하고 물어서 내가 '배가 아프다.'고 했더니 방에 가서 누우라고 대수롭지 않게 말했다.

어머니와 형님도 내가 출산할 것이라고 생각지 못하고, 산모가 고모 집 제사 음식을 먹어 부정을 타서 아프다고 형님이 물을 길어 와서 큰집 아버지께서는 마당에 물을 뿌리고 부정을 치고 하였는데, 진통은 더욱 심해져만 갔다.

다음날 새벽에 아들을 출산 했는데, 출산을 하고 땀을 닦으니 닭이 울기 시작했다. 아들이 귀한 집안이라 어머니께서 여간 좋아하지 않았고, 손자에 대한 정성이 지극했다.

어머님은 칠일째가 되는 이레 아침에 미리 목욕을 하시고 제 앙판에 형님이 끓이신 미역국과 밥을 지어 차려 놓으시고 제 앙님께 두 손을 모아 빌었다.

어진 제앙님
앉아서 팔천리 보고, 서서 구만리를 보시는 제앙님
우리 아기 밥이 많아 먹고 남고, 쓰고 남고,

아홉골, 열골 물이 두골로 모아지고,

우리 아기 먹고 자고, 먹고 자고,

무럭무럭 자라 주소.


나는 아기를 낳고 젖이 차서 젖몸살을 앓아 젖을 짜내야 했는데, 그것이 애기 낳는 일 보다 더 힘이 들었다. 둘째 형님이 늦은 나이에 딸 만순이를 6월에 낳았는데, 노산이어서 젖이 잘 나오질 않아 밥물을 먹이고 있었다. 따라서 우리 애와 같이 내 젖을 먹였는데, 그래도 젖이 남아 하루에 두 그릇 씩 짜내어야 했다. 그런데, 젖이 물젖이라 아기가 살이 찌지 않고 설사를 많이 했다.

애기 낳고 하는데, 나의 신랑은 집에 있었는데, 무슨 역할을 했는지는 기억에 없고, 애기를 낳은 후에 미역국이 들어 왔는데, 신랑이 거의 다 먹었다.


내가 첫 아들을 낳고 두어 달 후에 신랑이 교육청에 근무하게 되었는데, 월급을 타서 당시 어린이 종합영양제이던 원기소를 몇 병 사 먹였더니 아기는 무탈하게 잘 자랐다.

시어머니께서 손자에게 들려주던 자장가가 내 귓가에 맴도는데, 맞는지 모르지만 대충 읊어 보겠다.

은자동아 금자동아 칠부 칠석 고화동아

하늘에서 툭 떨어졌나 땅에서 풀석 솟았나

어둥둥 내사랑, 찹쌀 같이도 찰진 사랑

멥쌀 같이도 맺힌 사랑, 약대 같이도 실한 사랑

태백산을 넘어 왔나 대동강을 건너 왔나

나라에는 충성동아 부모에는 효자동아

너 어데 갔다 이제 왔노 어화둥둥 내사랑아


## 10. 살림을 나다


거제 군청과 교육청이 장승포에 있다가 고현으로 옮겨오는 바람에 큰아들 돌을 며칠 앞두고 고현의 상동으로 이사를 왔다. 당시 고현에서 망치로 버스로 가려면 사곡삼거리에서 버스를 갈아타야 했는데, 사곡삼거리에서 두 시간 정도는 보통이요, 어쩌다가 버스 한 대가 빠지면, 세 시간 이상을 기다리는 경우도 허다하여 버스를 타고 망치를 왕래하는 일은 거의 드물었고, 보통 산길을 걸어 문동, 삼거리, 절골, 다리골을 거쳐 망치로 오고 가곤 하였다.

이사 하던 날, 아버님, 큰형님, 작은형님, 큰조카, 머슴, 합하여 일곱 사람이 이삿짐을 지고, 이고 걸어오는데, 망치에서 부터 3시간을 걸어 상동에 미리 얻어 놓은 방 한 칸으로 이사를 왔다.

그 당시 고현에는 포로수용소가 철거되고, 소개(정부의 소개령에 따라 주거지를 떠나 사는 것)됐었던 주민들이 막 돌아와서 논, 밭, 집을 다시 일구어 내느라고 정신없이 바쁘고 고생들이 많았다.

주인집 아저씨는 구조라 멸치잡이 배를 타고 있었고, 아주머니가 사내아이 두 명을 키우며, 농사일을 하고 있었다. 요즘에는 9월 하순이면, 햅쌀이 나지만, 그때에는 모내기를 6월에 해서 10월이 되어야 햅쌀이 나왔다. 9월에 이사를 오니까 식량이 부족해서 살기가 어려웠다.

주인집에는 보리 속 딩겨(보리를 도정할 때 나오는 보리껍질의 가루)를 가마니로 사다놓고, 이웃끼리 나누어 그것에 사카린을 넣고 빵을 만들어 저녁의 끼니로 때우고, 주인집은 큰방 앞의 마루에서 밥을 먹고, 우리는 작은방 마루에서 보리밥이라도 먹는데, 주인집 아지매는 보리딩겨 빵을 아이들에게 먹으라고 주니까 아이들이 빵을 안 먹겠다고 투정을 하곤 했다.

그래서 나는 나의 보리밥을 그 아이들에게 주고, 나는 그 빵을 많이 먹곤 하였다. 그 당시 집이 길가에만 드문드문 울도, 담도 없이 집이 있었다.

당시 1956년도에 이사를 오니까 논 한 평에 100원이었다. 주인집은 양식이 없어 장리(춘궁기에 양식을 빌려 이자를 보태어 수확기에 갚는 것)를 얻으러 고현, 연초로 막 다니고, 우리에게 보리쌀 한 말을 주면, 가을에 쌀 한 말을 주겠다고 달라고 사정을 해서 시어머니께서 우리 양식을 한 달에 쌀 한 말, 보리한 말을 주어서, 남편이 출장을 많이 다니기에 식량 남은 것을 주인집에 장리로 주기도 했다.

당시 장리는 벼가 익기 전에 보리 한 말을 주면, 추수해서 쌀한 말을 받고, 보리 익기 전에 쌀 한 말을 얻으면, 보리 수확하여 보리 두 말로 갚는 식이었다.

나는 그것을 조금씩 넓혀 갔다. 남편의 월급은 한 달에 이삼천원 받아 자기 출장 다니는 교통비도 부족했다. 삼년이 되자, 남편의 출장비 3개월치를 한꺼번에 받아와서 곡식 장리 놓아서 늘여 놓았던 것과 합하여 망치 논 400평을 구입했다.

고현에는 논 한 평이 100원이며, 망치는 논 한 평에 300원을했는데, 평당 300원을 주고 고향에 논을 샀다. 장뇌로 첫 살림을 불린 것이다.

## 11. 나의 집 장만

  예나 지금이나 자신의 집을 직접 장만한다는 것은 사는데 있
어서 대단히 중요한 일임에 틀림이 없으리라. 나의 셋방살이
와 집장만의 이야기를 이제 해보자.

  망치에서는 전에부터 전해져 온 큰집 아래의 흙으로 만든 조
그마한 초가집에서 살았는데, 우리 영감이 고현 교육청에 근
무하면서, 고현으로 이사 와서 다섯 군데의 셋방을 전전하였는
데, 그때는 그것이 고생인지도 모르고 지나왔지만, 돌이켜 생
각해보면, 그런 곳의 단칸방에서 어떻게 살았는지, 전설같이
남의 일 같이만 여겨진다.
  마지막에 세 들어 산 집이 우리 큰아들과 동갑내기인 태삼이
네 집이었다. 그 태삼이네는 농사도 많고 아버지가 구장도 하
며, 동네 유지였다. 그곳의 아랫채 두 칸의 방에 네 식구가 살
았는데, 태삼이의 작은 삼촌이 장가든다고 방 한 칸을 내어 주

고 한 칸에서  살았다.

셋째인 맏딸 인혜를 시댁 망치에 가서 낳아 오니, 다섯  식구가 방 한 칸에서 그해 여름을 보내게  되었다.

더운 날씨로 밤에 좁은 방에서는 도저히 같이 잠을 못 이루었기 때문에 마당에 멍석을 펴 놓고 자기도 했다. 아기도 잠을 못 자고 워낙 칭얼대서, 아기를 업고 저 아래의 다리까지 왔다 갔다로 밤을 새우기 일쑤였고, 손님이 와도 앉을 자리도 없었다.

집이 하도 좁아서 엄청난 스트레스로 그해 여름을 보냈는데, 지금의 대성탕 아래에 있는 기와집을 판다는 이야기를 들었다. 그 집은 군청의 제계장이 자기 고향 산에서 재목을 베어 와서 기와집을 지어 살았는데, 다른 곳으로 전근이 되어 가면서 남에게 세를 주고 있었다. 이제 그 집을 팔겠다는 것이었다. 큰집 큰 시숙께서 일 만원을 보태주어서 그 집을 오만오천원에 사서 1963년도 9월에 이사를 하였다.

이사를 하고 보니 얼마나 좋은지 며칠을 잠 못 이루었다. 한옥에 기와집이지, 내 집이 얼마나 좋은지 궁궐에 온 기분이었다. 그때의 기분은 아직도 내 마음에 생생할 정도이고, 지금도 대성탕 아래에 그 기와집을 볼 수 있는데, 목욕을 갈 때 가끔 그때의 추억에 잠겨 볼 때도 있다. 그 집에서 군청직원, 교육청 직원 하숙도 치고, 초등학교 뒤의 밭 칠백 평을 사서 농사를 짓고, 돼지도 키우면서 열심히 살았다.

그 뒤 지금의 작은 아들이 살고 있는 ECC학원 건물 자리에 있던 더 넓은 함석집으로 이사를 하게 되었지만, 지금도 독일 약국 뒤에 있는 그 기와집을 보면, 그때 그 시절이 생각나곤 한다.


## 12. 방앗간 이야기


요즈음은 정미소라고도 불리 우는 방앗간은 순 우리말이요, 참으로 정다운 말이며, 방아는 먼 옛날부터 살림살이에 없어서는 안 될 중요한 일일 것이다. 우리 집안은 방아와는 인연이 좀 있었던 편이었던 것 같다. 내가 망치로 시집가기 전에 벌써 시아주버님 형제분들이 방아 기계를 구입해서 그 원동기와 탈곡기, 정미기들을 지게로 짊어지고 구조라, 구천동, 삼거리, 망치를 돌면서 방아를 찧었다고 들었다.

내가 시집갔을 무렵에는 그 원동기와 정미기를 짊어지고 다니면서 방아 찧지는 않았지만, 아래채 마당에 그 기계가 자리하고 있어서, 우리 집안의 벼나, 주위 동네사람들의 벼를 찧곤 하였다.

　연사의 방앗간을 판다는 소문을 우연히 들은 우리 이웃 세 집은 그 방앗간을 사서 고현으로 옮겨 셋이서 동업하기로 순식간에 결정하였다. 그리하여 연사의 방앗간을 뜯어 고현으로 옮겨 오게 되었고, 세 집이 공동으로 방앗간에서 일을 하기로 약속되었다.
　두 집에서는 직접 정미소에서 일을 했고, 우리 집에서는 망치의 김성식을 불러다 월급을 주고 우리 몫의 일을 맡겼다. 동업의 방앗간을 시작한지 일 년쯤 지난 가을에 두 집에서는 '도저히 방앗간을 못하겠고, 누가 사러 왔으니 팔자.'고 제안을 하였다.

　그때, 아이 아버지는 대수술 후 점점 건강을 회복하여 중학교에 서무과장으로 잘 근무하고 있었고, 큰아들은 고현중학교에 일등으로 합격하여 3년 장학생으로 다니고 있었다.
　그러나 애기 아빠의 병원생활과 집에서의 회복 치료 때문에 그전에 집에서 운영하던 가게(술 도매, 고무신, 학용품)를 그만 두었는데, 따라서 남은 장사는 방앗간 뿐이었고, 방앗간은 고생스럽지만 괜찮은 사업으로 생각되었다.

방앗간은 시골에서 노다지 사업이라고는 말할 수 없겠지만, 원동기 돌려서 두드리면 쌀과 곡식이 나오고 했으니, '우닥방망이'라고 부를 만 했다.

동업을 하던 두 집이 팔자하고 나섰는데, 나는 "가게도 그만 두었고, 방앗간이라도 가지고 있어야 아기들 공부시킨다."

"나는 안 판다."고 하니까 두 집에서 "그러면 너희가 다 인수해라."고 나섰다. 남편이 아파서 돈을 많이 썼고, 힘들었는데도 빚을 얻어 방앗간을 단독으로 운영하게 되었다.

직공을 한 사람 더 채용하여 운영을 하였는데, 30마력의 디젤 원동기가 동네에 '땅땅땅' 울리고, 피댓줄이 휙휙 돌기 시작하면, 그 소리를 듣고 벼와 보리를 리어카에 싣고 사람들이 방아 찧으러 온다.

아침 일찍 방아 찧는 소리가 나면, 이웃에 사시던 중학교 교장 선생님이 '김주사 방앗간 쌀 나오는 소리'라고 기분 좋아하셨다.


그런데, 두 사람의 직공들에게만 방앗간 운영을 맡겨 놓으니, 아무래도 소득이 새는 것 같았다.

그래서 아침 일찍 밥을 해주고 종일 방앗간을 지키고 앉아서 쌀 사러 오면, 쌀, 보리 팔고 밀가루 빻아주고, 고춧가루, 쌀가루, 솜 타고 하면서, 직공들과 같이 종일토록 일하고 저녁에 집에 돌아와 몸베바지를 벗어보면, 양 호주머니에 돈이 가득하여 금방 부자가 되는 느낌이었다.

방앗간 기계의 벨트가 공중에서 휙휙 돌아가고 여기저기서 쌀, 보리, 밀가루가 나오면, 마냥 기분이 좋아서 힘든 줄도 모르고 화장실이나 점심 먹을 새도 없이 닥치는 대로 정신없이 일을 하였다.

몇 년 후에 방앗간 옆으로 새집을 지어 이사하여 보다 가깝게 일을 할 수 있었고, 디젤 원동기를 전기 모터로 교체하여 약 2년간 남에게 세를 주었었는데, 둘째아들이 군대에서 제대하여 직접 운영을 한다고 나섰다.

처음에는 "잘 할 수 있을까?" 하는 의구심이 있었으나, 의외로 순호는 수완이 있어 잘해 나갔다. 둘째인 순호는 트랙터 차를 가지고 멀리 있는 동네의 벼, 보리를 직접 실어 와서는 찧어다 배달해 주고, 한내, 오비, 수월 아주머니 들이 방앗간에 오면, 변변찮았겠지만, 점심도 대접하여 상당히 인기가 좋았다.

쌀로만 하루에 한가마니씩 벌어, 그로 인해 수없이 쌓이는 왕겨를 치우느라 나와 남편은 힘이 많이 들었다.

## 13. 그해의 겨울은 추웠네

찬호야! 내 다섯째야, 그 춥고 힘들었던 1967년의 겨울을 이야기 하고 싶구나. 내 생애에 가장 힘들었던 그 겨울에 네가 태어났단다.

네가 진주에서 고등학교를 다닐 때나 대전에서 대학교를 다닐 때 나는 네가 왠지 약해 보이고, 음식도 팍팍 먹지 못하는 모습에 늘 마음 아파해 왔다.

그것은 그냥 마음 아파하는 게 아니라, 네가 태어나던 그 겨울에 이 어미가 정신이 없어서 따뜻하게 보살펴 주지 못했던 까닭이지 않을까 하는 마음에 더욱 안타깝고 안쓰럽게 느끼는 까닭이다.

1967년 그때 너의 아버지는 고현중학교에 근무하였고, 너의 큰형은 초등학교 6학년이었단다. 우리 집에는 방이 많아서 여러 사람이 하숙이나 기거를 하였는데, 그 뒤치다꺼리가 여간이 아니었지. 하숙하시는 선생님이 세 분이나 있었고, 방앗간 직원 김성식이 함께 살고 있었단다.

너를 빼고 우리식구 여섯에 합이 열 명이었어. 집안 살림이 말이 아니게 바쁘고, 세 사람이 동업으로 시작한 방앗간 일도 정신없이 바쁜데 내 나이 32살, 우리 다섯째 찬호 너를 임신 중이어서 내 몸이 약해져서 얼굴이 새까맣게 변하고 그때 형편이 없었지.

그해 너의 아버지는 37살 이었는데, 여름방학 때 학교직원들과 바다에 가서 낚시도 하고 해수욕하더니 그만 감기처럼 기침을 하고 가래가 피에 섞여 나왔다. 처음엔 그리 크게 생각지 않고 충무 적십자 병원에 가서 진찰을 하였는데, 폐종양이라고 일주일 입원해야 한다는 답을 듣고 정신이 아득하였단다. 나는 집안일에 정신없었기 때문에 간병을 못하고 혼자 입원을 하였는데, 병원 근처에 사는 동기생 친구가 돌보아 주고 있었더란다.

그런데, 일주일이 지나자 또 일주일을 더 입원해야 된다는 말을 듣고 나는 배를 타고 적십자 병원에 갔었지만, 너의 아버지 얼굴만 보고 몇 마디만 듣고는 곧 돌아와야 했다.

치료를 해도 낫지도 않고, 집에 와서는 영양실조라고 보약도 하고, 소뼈 고음을 먹고 하다가 부산의 대학병원에 진찰을 해보니, 역시 폐에 혹이 있다고… 수술을 해야 한다는 결과가 나왔다.

그 당시 너의 아버지는 신경불안정, 우울증이 와서 잠도 잘 못자고 너무 힘들어 했지. 그냥 집으로 와서 약을 먹고 신경안 정제 먹고 하던 중에 내가 구월에 너를 낳았단다.

너의 아버지는 몸이 아픈 것보다 신경불안정에 더 힘들어 하여 매일 안정제를 먹곤 하다가 음력 12월에 대학병원에 입원을 했는데 너의 큰 아버지가 같이 가시고, 또 나의 친정 오빠, 즉 너의 외삼촌이 마침 방학 때라 두 분이 교대로 간호를 하였단다.

우리 집에 하숙하고 있던 옥정호 선생은 그때가 학교 졸업 후 초임이었는데 너의 큰형 담임이었다. 우리 집에서 너의 형과 형의 친구 다섯을 과외하고 있었는데 뒷집 금정여관으로 옮겨 갔고, 권선생님도 다른 데로 하숙을 옮겨가고. 김수용 중학교 수학선생님은 밥을 밖에서 먹기 시작했다.

그해 겨울의 음력설이 다가왔는데, 그때 세 집이 동업하던 방앗간에서 셋집 여자들이 같이 떡을 만드느라 정신이 없었는데, 나는 백일된 찬호 너를 업고 수동식 펌프로 물을 길어 대목 3일 동안 애기를 업고 방앗간에서 늦게 까지 힘든 일을 하였다.

찬호야! 너의 아버지는 병원에서 며칠 후에 대수술을 한다고 입원해 있는데, 나는 뒷수발도 못하고 백일이 갓 지난 찬호 너를 등에 업고 돈벌이 한다고 이렇게 하고 있나? 하는 마음에 온통 우울하고 한심한 생각이 끝없이 들곤 하였단다.

선달 그믐날 12시까지 떡 방앗간 일을 끝내고, 집에 와서 아기 귀저기 빨아 널고, 세 시간 잠을 자고 새벽 6시에 일어나서 버스를 타고 장승포의 두모에서 8시 부산으로 가는 배를 탔다. 나는 생전 처음 가는 부산행이고, 그것도 갓난애를 들쳐 업고 혼자 가는 길이라 걱정이 태산 같았단다.

찬호야 그해의 겨울은 유난히도 추웠단다.

눈이 칠칠칠 내리면서 바람이 불고 추운 날씨라, 아기 옷도 얇고, 포대기도 얇고, 배의 승객실 방에다 젖먹이 너를 눕혀 놓고, 포대기로 싸고, 허름한 내 스웨터를 덮어서 너를 싸놓아도 얼마나 추운지 아기인 네가 새파랗게 오돌오돌 떨고, 하필이면 배의 엔진이 얼었는지, 시동이 되질 않아 30분 이상 지체하여 출발하였는데, 그렇게 떨던 너와 나의 그때 모습은 40년이 지난 지금도 나의 머릿속에 뚜렷이 남아 있어 글을 쓰는 오늘도 너 생각에 목이 메이는 구나.

부산에 도착하니 12시가 되었는데, 부두에 너희 큰아버지가 마중을 나와 기다리고 계셨지. 너희 큰아버지는 거제의 망치에 사시고 계셨지만, 사업일로 부산엘 자주 다녀서 부산 지리에 훤하셨지. 그렇고말고.

너의 사촌 누님인 큰집의 조카 둘이가 병원에 와서 곤로에다 밥을 하고 너의 아버지는 내일 수술이라 오늘부터 금식에 들어가서 침대에 누워 있었다.

병실은 3층에 독실이었다. 1971년 2월3일 아침 9시 수술실에 들어가서 네 시간의 수술을 마치고 2시에 중환자실로 옮겼다. 외삼촌, 백부님과 함께 수술실 앞에 대기하다가 칭얼대는 너를 재우러 삼층 병실에 간 사이 수술을 끝낸 박사 선생님이 폐에서 떼어낸 병 덩어리를 보여 주면서 5년만 견디면, 오래 살 수 있다고 하였단다. 나는 그 덩어리를 보지 못했고, 너의 백부님과 외삼촌 두 분이 보았다.

중환자실에서 삼일을 치료하던 중에 웃을 수도 없는 일이 벌어졌는데, 너의 백부님께서 옆의 침대에 코를 골면서 자다가 틀니가 빠져 목에 박혔는데, 틀니가 기도를 막아"왁, 왁"하고 소리를 갑자기 질러, 그 중환자실의 환자들도 깜짝 놀라 일어나고, 너의 외삼촌이 놀라서 손가락을 입에 넣어 뽑아내려고 하니, 더 안으로 밀려들어가 숨을 막는다고, 백부님은 숨이 막혀 너의 외삼촌을 확 밀쳐 버리고, 외삼촌은 간호실로 달려가고 엄청난 소란이 벌어졌었는데, 백부님이 큰 기침을 하니, 틀니가 튀어 나왔고 크게 한숨을 쉬었다.  살았다.

그 막내 동생의 병간호를 그렇게 정성스럽게 해주신 너의 백부님의 은공을 어떻게 갚을 수 있으랴? 참으로 고맙고도 고마웠다.


아버지는 어렵지 않은 집 막내로 태어나서 순탄하게 살아온 편이었는데, 대수술을 하고 나니, 얼마나 신경이 예민한지 짜증을 내고, 나는 너를 업고 간호하는 것이 너무 힘들어 창문 너머의 먼 산을 바라보고 많이 울기도 했다. 집에 남아있는 아이들 네 명을 생각할 틈도 없이 너무 괴로웠단다.

어느 날 저녁에 너를 업고 병원 앞의 큰길에 나가 오고 가는 차들을 바라보며 한없이 울다가 "그만 죽어 버릴까. 도망이라도 가 버릴까."하는 침통한 마음으로 한참을 울었단다. 그렇게 울고 나니 마음이 삭히고 다스려졌다.

"만약, 남편이 이 병으로 죽는다 해도 나는 우리 아이 다섯을 내가 키우고 가르쳐야 한다."

"나도 내 엄마가 일찍 죽어 고생을 했는데 우리 애기들은 내가 지켜야 한다." 용기를 내어서 병원으로 돌아 왔다.

내가 한참을 없어졌는데, 너의 아버지는 거동도 불편하였지만, 어쨌거나 찾아 나서지 못하고, 아버지의 동갑이고 문동에 사시는 이종이씨가 먼저 수술을 하고 옆 병실에 입원해 있었는데 내외분 둘이서 병원 안팎과 방방이 나를 찾느라고 법석이 났었단다.

그런 시련을 겪고서 아버지는 다행이도 20일 만에 퇴원을 하고 집으로 왔다. 그때 너의 할머니와 큰어머니들이 집에 오셨는데 할머니가 집에 동티가 나서 너의 아버지가 병이 났다고 푸닥거리를 한다고 북을 치고, 산 닭의 피를 온 집에 뿌리고 집이 난장판이 되었다.

할머니는 망치의 종갓집 삼촌이 돌아 가셨다고 그만 가버렸다. 나는 그때 너무 눈물이 났었단다. 나의 친정 엄마 같으면, 이삼일이라도 환자 옆에서 아기도 돌봐 주었을 것이고, 그러면 내가 그 많이 밀린 집안일과 병원 빨래를 쉽게 할 수 있었을 터인데……

환자는 소리를 못해서 나를 부를 때 나무 막대기로 문을 툭툭 치면서 신호를 해대고, 나는 빨래를 가득 머리에 이고, 등에는 갓난애인 너를 업고 금곡의 냇가에 갔는데, 물이 없어서 한내 다리 밑에 까지 내려가서 빨래를 하였다.

그때 이월 풍신제 바람이 얼마나 차갑게 불어오든지…… 등에 업은 아이가 감기에 들어…… 어른도 환자라 누워 있는데, 간난 우리 찬호꺼정 이리 감기에 들어……

나는 눈물로 그해 겨울을 보냈는데 내 평생 그때가 제일 힘들었다고 할 수 있으리라.

　그리 어려운 시기에 태어나 고생을 한 다섯째인 네가 중학교
까지만 고현에서 졸업을 하고 계속 객지에서 공부와 생활을 하
여 어미인 내 곁에 있었던 시간도 많지 않았다.
　또 내 곁에 있었다 하더라도 자상하게 보살펴줄 시간도 없었
겠지만, 너의 나이 마흔을 넘겼는데도 아직 몸에 살이 찌지 않
는 너를 보면, 미안한 마음에 옛날 생각이 난단다.
　이제 한준이, 한민이 두 아들을 자상하고 용감하게 기르는
너의 모습과 용감한 개구쟁이 두 녀석을 볼 때 항상 뿌듯한 마
음을 느낀다. 그 유별난 두 놈이 보고 싶어 벌써　설이 기다려
지는구나.



## 14. 우리 영감님 이야기


　우리 영감님의 친구 좋아하고, 놀기 좋아하는 성품은 소문이
나 있을 정도였다.
　시골 망치리의 나름대로 부자인 집의 막내로 태어나 어머니

의 귀여움도 많이 받았겠지만, 오뉴월 농사철에, 부엌의 부지 깽이도 벌떡 일어선다는 그 오뉴월 농사철에 동네 사람들이 온통 들판에 나가서 모를 찐다, 모를 심는다, 정신이 없는데 동네 정자나무 그늘에서 태연히 퉁소를 불고 있었다던 우리 영감님이시다.

결혼식이 끝난 마당에서 신랑된 몸으로 동네사람들이 지켜보는 가운데 치마저고리로 여장을 하고 도라지 춤을 추어대던 나의 신랑이시다. 이러한 남편과 살아온 날들을 어떻게 말해야 될지를 모르겠지마는 우리 영감님의 그 동안을 이야기 시작한다.


결혼을 한 그해 겨울에 군대에서 제대를 하였는데, 그때 교육청에서 교육세 징수를 위한 징수원 채용으로 네 사람이 같이 취직을 하였다. 세 사람은 사오년 다니다가 그만 두었고, 우리 영감은 10년을 다니다가, 1966년도 총무청 시험에 합격을 하여 정식 공무원으로 교육청에 11년간 근무하였다.

그때에는 교육세를 동네마다 집집마다 직접 다니면서 징수하였는데, 한번 출장가면, 며칠씩 있다가 돌아오는 것이 보통이며, 거제도의 구석구석을 온통 발로서 걸어 다녔으니, 그 고생도 상당했으리라. 지금도 거제의 구석구석을 잘 아는 것도 그때의 경험 때문일 것이다.

교육청 경리계장으로 근무를 하다가, 대수술을 하고 몸이 불편하여 상대적으로 조금 수월하다고 고현상고 서무과장으로 발령을 받아 갔는데, 그 불편한 몸으로 도교육청에 다니면서 종합고등학교로 인가를 받아 내는데 고생하였다. 그후 중학교로 옮겨 오게 되었다.

남편의 직장 시절에 월급이 적기도 했겠지만, 대부분 동창회다, 친목계다 하여 자기가 주로 쓰고, 나에게는 조금 들여 주는 게 보통이었다.

보통 공무원의 부인들은 풍족하지는 않더라도 살림을 하면서 아이들만 키우는 게 대부분이었다. 하지만 나는 열심히 일을 했고, 우리 영감은 집안일에는 크게 애쓰는 것이 없고, 월급도 자기 쓸 것은 먼저 쓰고 나머지를 나에게 주었다.

이제는 영감이 정년퇴직을 하고 실업자로 지내고 있지만, 왠만한 중년들보다 더 바쁘다. 그라운드골프 회장을 맡고 있고, 육이오 참전용사 신현분회장에, 신협 부이사장, 종친회 회장에, 동창회 임원에, 많은 일과 감투를 맡고 있다. 밖에서도 바쁘지만, 집에 들어와도 전화를 달고 산다.

돈도 명예도 되지 않을, 대충해도 괜찮을 일도 신명을 내어 열심히 하는 것을 보면, 천성이다 싶어 웃고 만다. 그런 일에는 돈이 들어가는 경우가 많은데, 나는 반대하며 바가지를 긁곤 해도 영감의 고집을 꺾지 못해 끝내는 내가 져주어야 한다.

그전에도 고현의 활터인 계룡정 궁도회의 사두를 하면서 전국으로 활대회를 다녔고, 계룡정의 행사 때면, 점심 뒷바라지를 나도 꽤나 하였다. 그 계룡정의 건립은 우리 집 영감님의 주도로 완성되었다고 보아야 할 것이다.

고현리 동문마을의 노인정 이야기도 아니 할 수 없으리라. 어느 날, 할머니들이 찾아와서 동문마을의 노인정을 새로 지으려고 하는데, 거제시에서 일억 원의 예산이 나왔는데 이로서 지을 방도가 나질 않아 우리 집 영감에게 도움을 청했다.

영감이 추진위원장이 되어서 업자를 선정하고, 공사를 시작하였는데, 고생은 고생대로 하면서, 마무리 공사에 우리 돈 사백만원을 보태서 겨우 마무리 되었다. 표창패를 준다고 나섰지만, 우리 영감은 펄펄 뛰면서 기어이 그만 두게 하였다. 사실 나는 옆에서 "그냥 받으소."라고 했지만……

이리 돈 되지 않을 일에 열심인 우리 영감과 사느라고 고생도 했지만, 또 '이런 영감이 옆에 울타리가 되어 주니까, 내가 더 열심히 일할 수 있었겠구나'하는 생각이 칠순이 된 지금에야 느껴지고, "고마웠다." 라고 해야 하나?

동창회하면, 산에까지 가서 점심을 해서 머리에 이고 가서 뒷바라지 하고, 남편 친구들 밤에 우리 집에 와서 바둑놀이를 하면, 자다가도 일어나서 고기 사다가 볶아 술안주 만들어 주고, 교육청 징수원할 때, 능포 어장 집에 교육세 징수 갔다가 대구 한 마리 얻어 오면, 친구직원들 다 불러 먹이고, 나는 남은 국물 조금 먹고……, 그리 살았다.

최근에 큰아들이 객지에서 돌아와 살던 이층집은 큰아들에게 주고, 우리 내외는 옛날 방앗간 자리에 새로 지은 빌라의 일층으로 옮겨왔다.

팔순이 얼마 남지 않은 우리 영감님은 요즈음에 다리가 아프다고 저녁마다 반신욕을 하지만, 사십년 전에 대수술을 하고, 의사 선생님이 오년만 견디면, 오래 살 것이라."고 하더니, 지금도 자전거 타고 열심히 게이트볼 운동장을 다니시며, 여러 사회활동을 활발히 하여 동년배에 비하면 훨씬 젊어 보이고 건강하다.

정년퇴직을 하면서 퇴직금을 일시에 받지 않고, 연금 형태로 결정했기 때문에 매달 얼마씩 연금이 나오는데, 이 돈을 영감님의 옛 시절 그대로 자기 마음대로 쓴다. 나에겐 한 푼도 주지 않고, 전화비와 공과금 쬐끔 내고, 나머지는 손주들 용돈을 비롯해 제 마음대로 생색을 내며 쓴다. 어쩔 수 없다.

예전에 누가 우리 영감님을 보고 "천복을 타고 났다." 카던데, 그 말이 이제사 맞는 것 같다. 마누라 복 있지, 자식이야 기복은 있겠지만, 이만하고 건강하면, 그로서 복인 것을……

그래서 나는 내가 아직도 벌어 쓴다. 내가 빚내어 고생해서 지은 집에 세 받아서 빚 갚고, 취미교실 다니고, 뜨개질 하고, 건강활동 하고…… 농사지어 안살림 꾸려 나가고…… 오늘도 우리 영감님은 바쁘시다.

나는 서예교실 다녀와서 뜨개질을 하고 있다. 조금 있다가 큰아들의 부동산이나 나가 볼까……


## 15. 회고록 이후 편지 모음


### 큰 며느리 생일을 축하 하면서

요즘 글을 안 쓰다가 펜을 들고 보니 뭐라고 써야 할지를 모르겠다.

너가 우리 집에 시집 온지도 벌써 삼십 년이 훌쩍 지났구나. 너도 이제 사위 보고 며느리 볼 때가 지났구나.

남들은 부잣집에 시집 왔다고 말들을 하겠지마는, 부족한 우리 아들 만나서 고생도 많았지. 요즘 너도 늙어가고 몸은 약하고 힘든 모습을 볼 때 안쓰럽기도 하다. 저번에 약을 달여 너랑 나랑 같이 먹고 건강하고 즐겁게 살자.

옛날에 너희 큰아버지께서 하시는 말씀이 '맏이는 바보. 축구. 내 잘 모리요.'하고 살아야 집안이 편해진다고 하시더라.

여자들은 항상 참고 견뎌야만 노령에 부잣집 할머니라고 불러준다. 그리고 우리 수정이, 한성이 공부 잘 하고.

아들, 딸이 있잖아. 힘내세요! 가야부동산 파이팅! 돈 많이 벌고 부자 되기를 기원한다.

2012년 12월 2일

가야 소장 조종남 앞

## 내가 살아 온 길

56년도 9월말 고현으로 첫 살림을 나게 되어 밥솥을 사러 동부 산양의 친정집에 갔다. 친정 숙모님께서 밥솥 하나, 냄비 하나, 단지 사서 그 속에 된장 한 단지 담아주었다.

시어머니는 막내아들 살림나는데 돈 주고 산 것은 하나도 없고, 귀 깨진 꼭지 사구, 설거지 나무통, 바가지, 숟가락 세 개, 보리쌀 5되, 쌀 1되, 삶은 보리쌀 한 소쿠리, 아버님은 손자를 등에 업고, 이웃집 윤치관 아버지가 바지게로 살림을 지고, 형님 세 분, 조카 계선, 나, 일곱 식구가 이고 지고 재를 넘어 다릿골을 지나 삼거리 넘어 고현 상동으로 11시쯤 도착하였다.

삶은 보리쌀을 밑에 놓고 쌀 한 되 가져 온 것을 절반으로 나누어 위에 얹고 밥을 지어서 어머님이 시키는 대로 주인집 큰방 한가운데 웃밥 한그릇 담아 한상 차려 놓고 나머지 밥은 섞어서 일곱 식구가 먹고 모두 망치로 걸어갔다.

남편은 출장갔다가 해가 다 져서 집에 왔다.

그날부터 셋 식구의 살림이 시작되었다. 나는 겨울이면 산에 가서 나무도 하고 아기를 업고 열심히 살았다. 남편은 봉급을 얼마나 타는지, 술, 친구 좋아하고 혼자 쓰기도 모자랐다.

그렇게 셋방살이 5번 이사, 내 집 사서 2번 이사, 집을 5번 지어서 이사, 모두 12번을 고현에서 이사하였다.


요즈음 한숨 자고 일어나게 되면 이런저런 걱정들로 잠이 오지 않는 때가 있다. 그럴 때 밖을 나가서 집 주변을 한 바퀴 둘러보면 마음이 편해진다.

집의 앞, 뒤로 넓은 주차장, 큰 아들집, 막내 아들집, 찬호집, 우리집, 건물 4동을 죽죽 올려다보면 '이것이 내가 젊어서 방앗간에서 땀 흘리고 먼지 마시면서 일하여 이룩한 것이구나.',

'공짜가 아니로구나.' 하면서 보람이 느껴진다.

이제는 자식들 모두 건강하고 우리 두 분 살다가 자식들에게 피해 주지 말고 조용히 가야 할 텐데. 부디 우리 떠나가고 없어도 형제끼리 싸우지 말고, 욕심 부리지 말고, 서로 양보하고, 베풀고, 우애 있게 잘 살기를 부탁한다. 엄마가 유언이다.

2014년 8월 15일


## 사랑하는 우리 가족

아들, 딸, 며느리, 사위, 다 열심히 살고 너무 고맙다.

우리 집 남자들이 무능해서 여자들이 힘들게 사는 줄 내가 안다. 잘 도와주지도 않고 힘들지? 나도 그리 살아왔다.

큰 아들, 큰 며느리, 너희도 나이가 육십이 넘어 건강이 걱정이다. 제 건강은 제가 챙겨야지 누가 대신 아파 주지 않는다.

큰사위는 가정적이어서 하나도 나무랄 것이 하나 없는데, 몸이 아프다 하니 항상 걱정이다.

내가 죽고 없어도 형제간에 욕심 내지 말고, 싸우지 말고, 항상 양보하고, 베풀고 순리대로 살면 다 돌아온다. 내 소원이다.

2016년 3월 10일

어머니가.

## 당신께 올림

당신과 만나지도 육십년이 넘었네요.

아들, 딸, 공부시키고 시집, 장가 다 보내고 저희들끼리 열심히 잘 살고 있네요.

요즘 아이들은 바쁘다고 밥을 두 끼도 먹고, 한 끼도 먹고 하네요. 우리는 몇 십 년을 세 끼 차리느라……, 나도 노인네라 여기 저기 다 아파요. 때로는 부엌에 들어가기 싫어요.

오늘도 시장에 가서 당신 입맛에 맞추느라 과일, 요플레, 반찬, 가득 싣고 오네요. 그래도 당신이 요즘 잘 잡숫고, 지금까지 잘 살아 주어서 고맙습니다.

덜도 말고 더도 말고 요즘처럼만 살아가면 좋겠다.

당신 죽는 날까지 건강하시기를 바랍니다.

2016년 3월 10일

윤금낭 드림

# 김영은

난정蘭亭 김영은金榮銀 선생은 1930년 경남 거제에서 태어났고, 통영수산학교를 졸업했다. 1952년 입대를 하여 1953년 한국전쟁에 참전을 했으며, 제대한 후에는 34년간 교육공무원으로 근무하여 1988년 정년퇴직을 하였다.

이후 의성김씨 대종회장, 통영수산학교 거제지구 동창회장, 계룡정(궁도장) 사두, 거제그라운드골프 회장, 신현신협 이사장 등, 여러 사회단체에 참여를 했고, 계룡정 및 계룡경로당 건립 위원장을 맡아 완성하였다.

현재 87세로 윤금낭 여사와 함께 슬하에 4남 2녀를 둔 원로로서 아름답고 행복한 노년의 생활을 하고 있다.

난정蘭亭 김영은金榮銀 회고록

## 난초 밭에 정자를 짓고

발    행  2016년 10월 25일
지 은 이  김영은
펴 낸 이  반송림
편집디자인 김지호
펴 낸 곳  도서출판 지혜
            계간시전문지 애지
기획위원  반경환 이형권 황정산
주    소  34624 대전광역시 동구 선화로 203-1. 2층 도서출판 지혜 (삼성동)
전    화  042-625-1140
팩    스  042-627-1140

전자우편 ejisarang@hanmail.net
애지카페 cafe.daum.net/ejiliterature

ISBN : 979-11-5728-211-1 03810
값 10,000원